小学館文庫

閉じ込められた女

THE MIST

ラグナル・ヨナソン

吉田 薫 訳

小学館

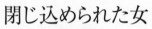

閉じ込められた女

THE MIST

主な登場人物

フルダ・ヘルマンスドッティル……レイキャヴィーク警察犯罪捜査部の刑事
スノッリ……フルダの上司
ヨン……フルダの夫
ディンマ……フルダの娘
エイーナル……アイスランド東部の農場主
エルラ……エイーナルの妻
アンナ……エイーナルとエルラの娘
レオ……道に迷った男
ウンヌル……旅の途中で消息を絶った女性
イェンス……東部の地元警察官

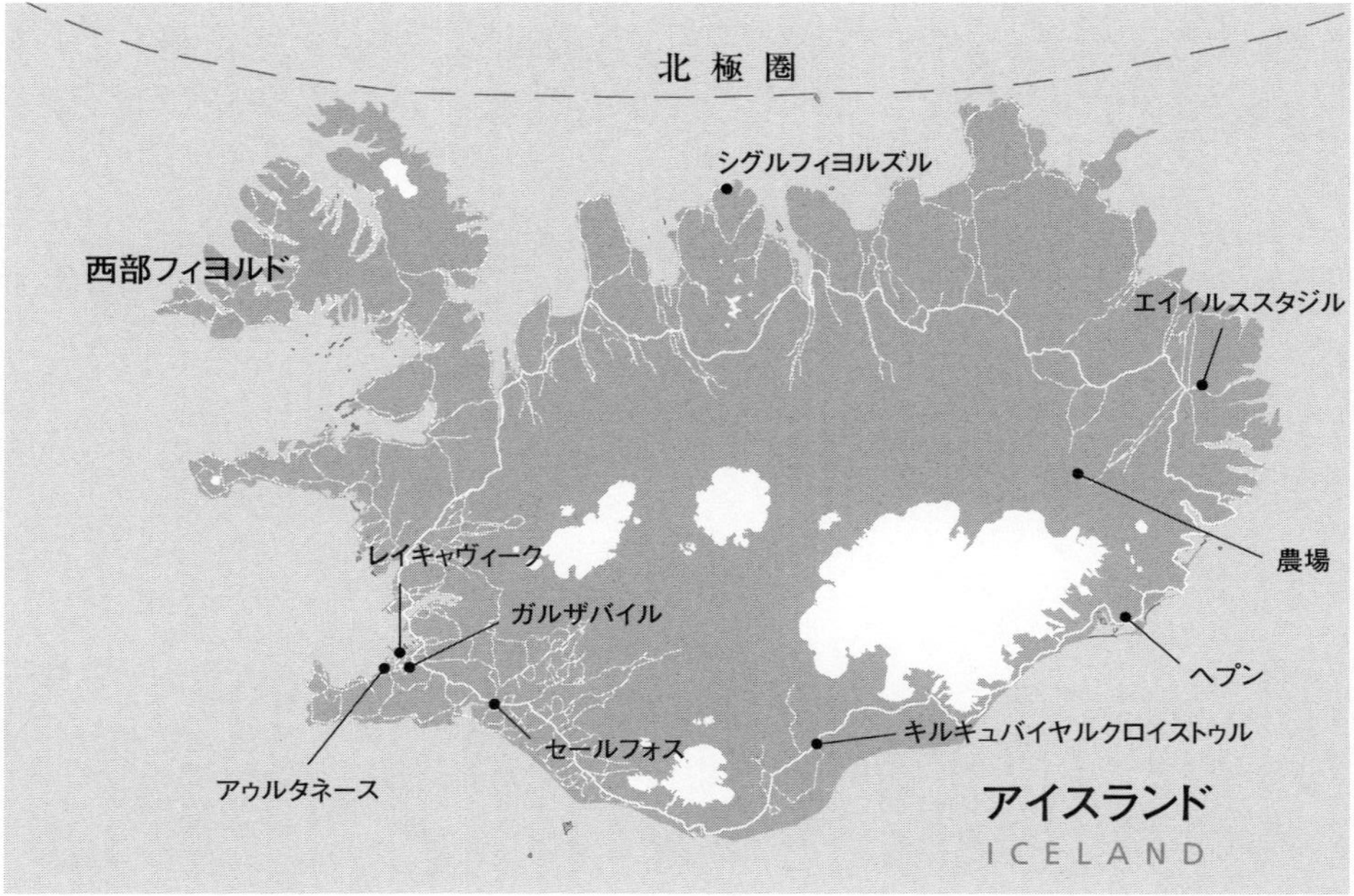
北極圏
西部フィヨルド
シグルフィヨルズル
エイイルススタジル
農場
レイキャヴィーク
ガルザバイル
ヘプン
キルキュバイヤルクロイストゥル
セールフォス
アウルタネース
アイスランド
ICELAND

キラとナタリアへ

日々の流れは遅くとも
歳月は飛ぶように移ろい
それでもまだきみに語りつづける
虚《むな》しき心のうちで
——オラフ・オラフソン　詩集『暦』（二〇一五年）より

プロローグ

一九八八年二月

フルダ・ヘルマンスドッティルは目を開けた。

強い倦怠《けんたい》感が執拗《しつよう》に続き、まるで薬をのまされたように頭が重くて眠い。この硬い椅子の上でも日がな一日眠っていられるだろう。幸い、刑事として個室を与えられる程度の評価は得ている。つまりここにこもっていれば、虚空を見つめていようが、まぶたを閉じていようが、見とがめられずに時間をやり過ごせるということだ。そうしているあいだに机の上に書類の山ができた。職場に復帰して二週間経《た》ったが、事件にはまだひとつも取りかかれていない。

こんな怠慢な仕事ぶりに上司のスノッリは気づいているが、辛抱強く理解を示してくれている。とにかく職場に戻るしかなかったのだ。ヨンとふたりで家にこもっていることに耐えられなかった。美しいアゥルタネースの自然でさえ、フルダを癒やす力を失った。ため息のような波の音に耳を傾けることも、満天の星やオーロラを眺めることもなくなった。ヨンとはほとんど口をきいていない。話しかけてきたら返事はするものの、フルダから話しかけることはない。

しかもこの二月の暗さときたら。一年で最も寒く、陰鬱な月であり、日が改まるたびに天気が悪くなっていくように見える。これでもかと言わんばかりに雪が降り、街は埋《うず》もれ、道路は渋滞する。あちこちで車が立ち往生し、実際フルダが乗っているシュコダでは標準的なスパイクタイヤを履いていても、アゥルタネースの除雪されていない田舎道を走るには相当な技術が必要になる。

当分は仕事に戻ることはないだろうと思っていた。それどころか二度と家の外には出られない、いや、ベッドから這《は》い出す力もないと思っていた。だが結局、選択肢はふたつしかなかった。家でヨンと過ごすか、ほとんど仕事にならなかったとしても警察署の自分の部屋に一日こもっているか。

職場を選んだフルダは仕事に集中しようとしたが、実際には積み重ねられたファイルや報告書を手にとっては、ろくに読まずにまた積みあげるという日々を送っている。このままでは駄目だとは思う。どうにかしなければと。もちろん自責の念が消えることはない。それはわかっている。だが痛みは時間とともに引いていくものだ。少なくともその希望にしがみつくことはできる。しかし、ヨンに対する怒りは消えるにはほど遠く、むしろ募る一方だった。日を追うごとに怒りと憎しみに心が蝕(むしば)まれていくのがわかる。それが自分にとってまったくためにならないと知りながら、抑えることができない。なんとかしてそのはけ口を探し出さなければ……。

机の上の電話が鳴った。闇の世界に入りこんでいたフルダは目も上げなかった。数回鳴ってようやくわれに返ると重い腕を伸ばして受話器を取った。

「フルダです」

「やあ、フルダ。スノッリだ」

動揺した。上司スノッリは緊急の用件でない限り、電話はかけてこない。ふだん言葉を交わすのは朝のミーティングのときくらいで、捜査の進め方にも干渉されることはめったにない。

「どうも」

「ちょっと来てくれないか。事件だ」

「すぐ行きます」フルダは受話器を置くと立ちあがり、バッグから小さな鏡を出して身だしなみを確かめた。どんなに落ちこんでいても、職場で弱っている姿は見せたくない。もちろん同僚はみんなフルダに何があったか知っているが、何より怖いのはまた休暇を取るように勧められることだ。正気を保つには仕事が必要だった。

自分の執務室よりずっと広い部屋に入ると、スノッリに笑顔で迎えられた。とたんに憐憫《れんびん》の情が伝わってきてフルダは心のなかで毒づいた。優しくされたら、せっかくの自制心が保てなくなる。

「フルダ、体調はどうだ」スノッリはそう訊《き》くと、フルダに答える間を与えず座るように合図した。

「悪くないです、いろいろあったわりには」

「ここに戻ってからはどんな感じだ」

「ようやく調子が出てきました。昨年の未解決事件を処理しているところです。順調に進んでいます」

「本当に大丈夫なのかね。なんなら、もう少し休んでくれてもいいんだぞ。出てきてくれるのはありがたいが、きみが難事件にも対応できる状態か、そこのところを知っておきたい」

「当然だと思います」

「それでどうなんだ？」

「何がですか」

「対応できるかね」

「もちろんです」それは嘘《うそ》だが、フルダは上司の目を見すえて言った。

「よかろう。では言うが、重大事件が起きた。きみに捜査を担当してほしい、フルダ」

「どんな事件ですか」

「嫌な事件だ」スノッリは黙り込むと眉をひそめ、思い切ったように先を続けた。「まったく嫌な事件だ。殺人の疑いがある。現場は東部で、いますぐ誰かを派遣しなくてはならない。復帰したばかりのきみに行ってもらうのは申し訳ないが、きみのように経験があって、いま手が空いている者がほかにいなくてね」

もう少しましな褒め言葉を言ってくれてもよさそうなものだが、まあいい。

「行きます。問題ありません」また嘘をついた。「東部のどのあたりですか」

「村から相当離れた農場だ。あんなところでまだ農業をやっている者がいたなんて信じられんよ」

「被害者の身元は？ 男性ですか、女性ですか」

「ああ、すまない、フルダ。まだ何も話していなかったな。実は発見された死体はひとつじゃない……」スノッリは言いよどんだ。「しかも死後かなり経過していたようだ。いつから放置されていたかはまだわかっていないが、少なくともクリスマスの頃からあったと見られている……」

第一部　二カ月前、一九八七年のクリスマス直前

1

おしまい。

エルラは本を置くと、擦りきれたひじ掛け椅子に背中をあずけて深いため息をついた。

いま何時だろう。居間の振り子時計はしばらく前から止まっている。いや、もう止まってから何年も経っているはずだ。どこをどう直せばいいのか、こんな重くてかさばる時計を家から運び出せるのかもわからない。運べたところで、古いオフロード車に積んで未舗装の道を延々と走り村まで修理に持っていくなんて本気で考える気も起こらない。そもそも車に積めないかもしれないし、村にこんな年代物の時計を修理できる職人がいるかも怪しい。そんなわけで止まったままになり、いまではただの置物だ。その時計は夫エイーナルの祖父のものだった。農業の勉強に行っていたデンマークから持ち帰ったものだと聞いている。祖父は故郷に戻って、この農場を継いだ。祖父は周囲の期待に応えたのだとエイーナルは口癖のように言う。その後エイーナルの父親の手を経て、承継のバトンはエイーナルに渡された。祖父はとうの昔に亡くなった。父親も天寿をまっとうできなかった。ここで農業をやっていくのは、いや、生きていくだけでも、心身に大きな負担がかかる。

いまも凍えるように寒い。冬なのだから当然だ。古い家なので風の方角によっては、厚い毛布にくるまらないと暖をとれない部屋もある。いまいる居間もそうで、体には毛布をしっかり巻きつけているが、出している両手は冷えきっていてページをめくるのが大変だった。それでも読書は何よりも大きな喜びを与えてくれる。一冊の本がエルラをはるか遠くの別天地に連れていってくれる。国も文化も違う、ここよりも暖かくて住みやすいところへ。だがこの農場やこの土地に感謝もせず不満ばかり並べているわけではない。ここがエイーナルの祖先が遺《のこ》した土地である以上、歯を食いしばって、それを最大限に活用するしかなかった。

戦後のレイキャヴィークで育ったエルラは、まさか自分がアイスランド東部の中央高原地帯《ハイランド》で農夫の妻になるとは夢にも思っていなかった。だがエイーナルに出会って恋に落ち、二十代の初めでアンナを産んだ。

アンナはもう少しましな家に住んでいる。ここから少し離れたところにある比較的新しく建てられた家で、元々は小作人のための住まいだった。一番の悩みは、こんなふうに天気が悪くなると簡単には会いにいけなくなることだ。エイーナルは厳冬期のあいだは車を使わない。本格的な雪の季節になって毎日降るようになると、スパイクタイヤもチェーンもほとんど役に立たなくなるからだ。そんなときは歩くか、クロスカントリー用のスキーを履くほうが移動しやすい。幸いエルラもエイーナルもスキーは得意だ。ちゃんとしたダウンヒルコースで思いきり滑ってみたいが、そんなことをする暇も経済的な余裕もなかった。農場はかろうじて赤字を出さずにすんでいるものの、レジャーや旅行にまわせる資金はなかった。話題にのぼることすらない。いまの目標はこれまでと同様、なんとか破産せずに農場を維持していくことであり、できれば黒字を出すことだった。エイーナルにとってこの農場には家族の名誉がかかっていた。代々の重責を担っており、この家のどこかから先の当主たちにずっと見られていると感じていた。

エイーナルの祖父エイーナル・エイーナルソン一世は、この家の最も古い部分である居間で目を光らせている。最初に建てられたこの木造部分は〝祖父が自分で建てた血と汗と涙の結晶〟だとエイーナルから聞いたことがある。エイーナルの父親のエイーナル・エイーナルソン二世は、コンクリートで増築した部分に陣取っている。そこは寝室になっていて夫エイーナル・エイーナルソン三世が子供のときに建てられた。

一方、エルラは自分の親や祖父母に、夫が抱いているような敬意はいっさい感じたことがない。離婚した両親は南部に住んでいて、三人いる姉妹とも疎遠だ。離れているせいもあるが、元から仲のいい家族ではなかった。親の離婚後は、姉妹で連絡を取りあう努力もしなくなり、家族で集まる機会はほぼなくなった。だが、エルラはそのことをさほど嘆いてはいない。自分にも頼りになる身内がいればよかったのだろうが、代わりにエイーナルの家族との関係を深めることに力を注いだ。

エルラはなかなか立ちあがる気になれなかった。どのみち、あとは寝るだけだ。もう少しここでのんびりしていたかった。エイーナルはとっくに寝ている。夫にとって早起きは美徳であり、羊に餌をやるという仕事もある。けれどエルラには、クリスマスを目前に控えた一年で最も日が短いこの時期、まだ真っ暗な朝にベッドから出る理由が見つからなかった。外が明るくなるのは十一時頃で、十二月ならそれでも充分早起きだというのがエルラの考えだ。歳月を重ねるにつれ、何時に起きるかといったささいな理由で夫婦げんかはしなくなった。めったに人も訪ねてこないところでふたりで暮らしていくには仲良くするしかない。もちろんいまでも互いを愛している。初めて出会った頃とは違うかもしれないが、関係が深まるにつれ愛も成熟していった。

エルラはいま閉じた本を貪るように読んでしまったことを少し後悔した。もっと時間をかけるべきだった。この前エイーナルと車で村に行ったときに図書館で小説を十五冊借りてきた。本当はそんなに借りられないのだが、特別に認めてもらっている。返却期限も通常より長くしてもらい、冬場は数カ月先まで借りることもできる。それを全部読み終えてしまった。これが最後の一冊だった。いつもより早く読んでしまったが、次にいつ図書館に行けるかは神のみぞ知るところだ。先日エイーナルがスキーで村に行ったときに本も頼みたかったが、荷物が増えると思うと言えなかった。エルラはこの家で何かを切らし、それに代わるものがないと知るたびに襲われる虚《むな》しさに打ちのめされた。どうすることもできないという気持ちは虚しいという言葉では足りなかった。荒野に閉じ込められた囚人のような気分だと言ったほうが合っているだろう。

だが、この家で閉所恐怖症に陥ってはならない。恐怖を感じても無視しなくてはならない。そうしないとあっという間に耐えきれなくなる。

息ができなくなる……。

ところで最後の一冊は確かにいい本だった。十五冊のなかで一番よかった。それでも、すぐに読み返せるほどではない。この家にある本はすべて読んだ。自分たちで買ったものもあれば、家と一緒に受け継いだものもある。何度も読み返した本もある。

エルラは居間の隅に置かれたモミの木に目を留めた。エイーナルは今年は少し頑張っていい枝ぶりの木を選んできてくれた。狭い部屋に満ちるかぐわしい香りでクリスマスが近いことを思い、心がなごむ。この時季が来ると、ふたりでできるだけのことをして闇を払いのけ、孤立しているからこその静かなクリスマスを享受してきた。今年も平和にクリスマスを過ごせるだろう。雪のなかをこんな谷の奥までやって来る物好きはいない。よほどのことがあれば別だが、そんなことはこれまで一度もなかった。

ツリーの飾り付けはまだしていない。毎年十二月二十三日の聖ソルラオクルの日にするのが家族の伝統だ。だがツリーの下にはすでにプレゼントがいくつか置かれている。夫婦で贈る物を隠し合ったりしないのは、どれもずっと前から用意しているからだ。買い忘れていたプレゼントや食材があってももう村には出られない。

本がツリーの下に置かれていることを知っているエルラは、ひとつくらい早めに開けてもいいんじゃないかという誘惑に駆られた。エイーナルはいつも小説を少なくとも二冊は贈ってくれる。クリスマスの何よりの楽しみは、プレゼントの包みを開けたら、ひじ掛け椅子に腰を落ちつけ、チョコレートの箱とヨーラオール〔オレンジソーダとビール風味飲料を混ぜたクリスマスの飲み物〕を傍らに置いて、夜更けまで贈られた本を読むことだ。準備はすべて整っている。未開封のチョコレートの箱は食卓に、ヨーラオール用の缶飲料は食品庫にあるが、クリスマスの行事が始まるまで誰も手を付けることは許されない。それが正式に始まるのは、アイスランドの伝統に従えば二十四日の午後六時、クリスマスのミサの鐘が鳴ったときだ。二十四日の晩餐《ばんさん》には言うまでもなくハンギキョート〔ラム肉の燻製〕を食べる。毎年そうしてきたように。

エルラは立ちあがった。毛布から出たとたんに寒さが骨身にしみた。窓辺に行き、カーテンを開けて闇を見つめた。雪が降っている。見るまでもなかった。ここの冬はいつだって雪だ。アイスランドのこんな奥地のこんな標高の高いところで、ほかにどんな天気が望めるというのだろう。苦笑いがもれる。こんなところ冬に住めたもんじゃない。先人たちの不屈の精神は称賛に値するが、エルラはその先人たちのせいでここから出られないのだと思ってしまう。

石にかじりついても農場は維持していかなくてはならない。抗《あらが》うつもりはない。近くに数軒残っていた農場はこの十年ですべて放棄された。そのときのエイーナルの反応はいつも同じだった。去っていく者をあきらめの早い臆病者だと罵った。エルラも農場を手放したら、何をして生きていけばいいのかわからなかった。土地を売るにしても、どれだけの価値があるかわからないし、ここでほかの仕事に就けるとも思えない。人生の大半を自分の思いどおりにやってきたエイーナルが誰かの下で働く姿など想像もつかなかった。

「エルラ」寝室からエイーナルが眠そうな声で呼んでいる。さっきまでいびきをかいていたのに。「まだ寝ないのか」

「いま行く」エルラは居間の明かりのスイッチを切り、本を読むために灯《とも》していたロウソクの火を吹き消した。

エイーナルは明かりを点《つ》けたまま横になっていた。いつものようにナイトテーブルの上に水が入ったグラス、目覚まし時計、そしてハルドル・ラクスネスの小説を置いている。だがエルラは夫を知っている。ハルドル・ラクスネスのような著名な作家の本がそこにあるのは彼の見栄《みえ》であって、実際に読んでいる様子はなかった。ふたりはハルドルの作品をほとんど持っている。エルラは何度も読み返しているが、エイーナルがこのところ読んでいるのは新聞や雑誌ばかりで、なかでも超常現象の記事に興味があるようだ。もちろん当日の新聞は手に入らない。いつも日付の古くなった新聞を読んでいる。冬場は次に新聞を目にするまで数カ月経っていることもある。それでも購読契約は続けていて、郵便局に行ったときにたまった新聞や雑誌を持ち帰ってくる。

エルラは時事問題への夫の関心は理解できても、幽霊話や霊能者の本にはどうしても興味が持てなかった。こんな気味の悪いところに住んでいたら読む気はしない。

冬は身の毛がよだつような体験をしない日は一日たりともなかった。幽霊を信じているわけではないが、孤独と静寂と闇が一丸となって、床板や壁がきしむ音、風の音、光や影の揺れを増幅させるせいで、幽霊の存在を信じるべきではないか、そのほうが楽になるのではないかと思うときさえある。

頭のなかの幽霊に脅かされずにすむのは、ロウソクの明かりで本を読み、見知らぬ世界に没頭しているときだけだ。

エルラはベッドに入ると、少しでも眠りやすい姿勢をとった。朝が来るのを楽しみにしたいが、それは容易ではない。どこからも孤立したこの地に、エイーナルのように魅せられることができたらどんなにいいか。だがもう無理だ。明日がよくならないことを、終えたばかりの今日とほとんど変わらないことを知っている。クリスマスもいつもの暮らしにわずかな変化をもたらすだけだ。大晦日《おおみそか》もクリスマスイブのようにハンギキョートや特別な料理を食べることにしているが、花火はもう長いあいだ上げていない。花火は危険物なので限られた期間しか売られておらず、クリスマス前の買い出しに村に出向くときにはまだ手に入らないのだ。買い出しはたいてい十一月、大雪が降る前に行くことにしている。わずかなロケット花火を買いにもう一度村に出ていくのもどうかと思う。それに、こんな誰もいないところで花火を打ち上げてもしかたないということでふたりの意見は一致していた。とにかくエイーナルはそう言った。そしてエルラはいつものように調子を合わせたが、色とりどりの打ちあげ花火で新年を迎えられないのは寂しかった。

「こんな遅くまで何をしていたんだ」

目覚まし時計を見るとまだ十一時にもなっていないが、永遠に続く闇のなかにいたら時間にはほとんど意味がなくなる。毎日自分のリズムに従って早寝早起きするだけだ。夜更けまで本を読むという無言の抵抗で何かが変わるわけでもなかった。

「本を最後まで読んでしまいたかったの。まだ眠くなかったから。それにね、アンナに電話で様子を聞いてみようか迷ってたのよ」答えは自分で言った。「でも電話するにはもう遅いから」

「明かりを消してもいいか」エイーナルが訊く。

「ええ、どうぞ」エイーナルがスイッチを切ると、たちまちふたりは闇にのみこまれた。一歩も譲らない、それでいてもの言わぬ闇。わずかな光さえ見えない。いまも雪が降っているのがわかる。しばらくはどこにも行けないだろう。これが自分たちで築いてきた暮らしだ。耐えるしかなかった。

2

夜の十時をとっくに過ぎていた。フルダは自宅の玄関の前で、バッグのなかの鍵を捜しながら小声で悪態をついた。ああもう、何も見えないじゃないの。玄関灯の電球は切れていて、街灯の明かりは届かない。ヨンが電球を買ってくると言っていたのに。ここは街明かりから遠く離れたアゥルタネース半島の海のそばだ。住むにはいいところだと思ってきたが、ここ数カ月はずっと重苦しい空気が家のなかを漂っている。やっと鍵が見つかった。ヨンもディンマも寝ているかもしれないと思うとベルを鳴らしたくなかった。夜勤だったのでもっと遅くなる予定だったが、今日はこれといった事件がなかったおかげでスノッリが早く帰らせてくれた。察しのいい上司なので、フルダの様子から家庭に問題を抱えていることを感じとったのだろう。フルダも夫のヨンも仕事のせいで普通とはかけ離れた生活を送っている。

ヨンは投資や卸売り業にたずさわる個人事業主だ。理論的にはもっと自由に時間を使えるはずだが、実際は朝から晩まで書斎に閉じこもっているか、街で打ち合わせをしている。フルダも残業を余儀なくされることが多く、勤務シフトに応じて夜間や休日も出かけなければならない。今年はクリスマスの日の勤務が決まっている。運がよければ何ごとも起きず、適当な時間に帰れるだろうけれど。

家のなかは静まりかえっていた。リビングルームとキッチンの明かりは消え、料理の匂いがしない。ヨンはまた夕食を作る手間を省いたようだ。ディンマには必ず食べさせてくれと頼んだのに。朝食も夕食もシリアルだけでは生きていけない。まともな食事が食べられなかったら機嫌も悪くなるだろう。それでなくても近頃のディンマは扱いにくい。ディンマは十三歳だ。いわゆるティーンエイジャーの入口でつまずいた。学校の友だちと付き合わなくなり、夜はひとりで自分の部屋にこもって過ごすようになった。フルダはこれまでずっとアゥルタネースは子供を育てるにはもってこいの場所だと思ってきた。レイキャヴィークからほど近い距離にありながら、目の前に大自然が広がっていて、澄んだ海辺の空気をふんだんに吸える。けれどいまは、ここを選んだのは間違いだったかもしれないと思うようになった。街なかに近いところに引っ越して、娘にもっと社会生活を送らせたほうがいいのかもしれない。

フルダが玄関ホールに立っていると、思いがけずディンマの部屋のドアが開いて、ヨンが出てきた。

「もう帰ってきたのか」ヨンはフルダの視線を笑顔で受けとめた。「ずいぶん早かったんだな。もっと遅くなると思っていたよ」

「ディンマの部屋で何をしてたの？　あの子、もう寝た？」

「ああ、よく眠ってるよ。ちょっと様子を見にきただけだ。夕方は具合が悪そうだったから、大丈夫か確かめたかったんだ」

「どうしたの？　熱でもあるの？」

「いや、そんなんじゃない。おでこは冷たい。寝かせておくのが一番だろう。いまは落ちこんでいるみたいだから」

ヨンはフルダの肩を抱くと、なかば強引にリビングに連れていった。「ワインでも飲まないか。酒屋に寄って、赤ワインを二本買ってきたんだ」

フルダはためらった。ディンマのことが気になった。何か違和感を覚えたが、考えないことにした。一日働いて帰ってきて、ほっとしたいという気持ちもあった。仕事だけでも疲れるのに、家でもピリピリしていたくない。ヨンの言うとおり、寝る前に少し飲んでリラックスするのもいいかもしれない。

コートを脱いで、ソファーの背にかけると腰を下ろした。ヨンがキッチンからワインと古いグラスをふたつ持ってきた。グラスはフルダの祖父母の形見だ。ヨンがコルクを抜いて、ワインを注《つ》ぐ。こんな贅沢《ぜいたく》はめったにないことだ。酒税が高いこともあるが、アイスランドの酒屋は国営で開いている時間が限られており、ふたりともなかなか買いには行けなかった。

「ワインだなんて、いきなりお金持ちになった気分。なんのお祝い？」

「実際いいことがあったんだ。例の難航していたクヴェルヴィスガータの物件だけど、やっと売却のめどが付きそうだ。銀行が差し押さえるとか言ってたんだがね。まったく連中ときたら数字の計算ばかりしてビジネスってものを理解していない。とにかく、乾杯！」

「乾杯」

「まともな銀行のある国で暮らしたいよ。この国じゃなんだって結局は政治がかかわってくる。もどかしくてしかたがない。銀行を経営しているのだって元政治家だろ。どうかしてるよ。選んだ政党を間違った。その報いを受けるばかりだ」ヨンは面白くなさそうにため息をついた。

フルダは半分も聞いていなかった。ヨンのいつ終わるともしれない金融業界の話に耳を傾ける忍耐力はなかった。フルダも仕事の問題はいろいろ抱えているが、ヨンが嫌がるので家には持ちこまないようにしていた。

ヨンの仕事のことは何も心配していない。どんな駆け引きもうまくやってのけるだろう。投資のこつを心得ているみたいで、さっき一等地の不動産を購入したと思ったら、気がついたときには転売して莫大《ばくだい》な利益を上げている。それ以外の時間は卸売り業のほうで忙しくしていた。

ヨンには敬意を表さなくてはならないだろう。ずっと充分な収入を確保してきてくれたのだから。こんなすてきな一戸建ての家に住み、車は二台あり、たまに贅沢をする余裕もある。たとえば月に一、二回、ディンマを食事に連れていくとか。そういうときはたいていお気に入りのハンバーガー・ショップに行くことになっている。レイキャヴィークまで車でわずか十分で行けるが、レストランが少なく、ファストフード店に行くのでさえ特別な日のように感じられる。そう言えば、家族で最後に食事に行ったのはもうずいぶん前のことだ。だが、ディンマは親と一緒に過ごしたがる年齢ではなくなったようで、ここ数カ月は誘っても断られてばかりいる。

「ヨン、明日は食事に出かけない？」

「聖ソルラオクルの日に？　どこもいっぱいだぞ」

「いつものところでいいじゃない。ハンバーガーとポテトを食べに行きましょう」

「そうだな……」しばらく間があいた。「様子を見て決めよう。店は満席に違いないし、道路は渋滞するだろうし。それに、ツリーの飾り付けもしなくちゃならないことを忘れないでくれよ」

「ああ、しまった。今日買ってくるのを忘れた」

「ツリーはきみが買ってくるって約束したじゃないか。職場の近くなんだろう？」

「ええ、毎日車で前を通ってる」

「じゃあ、明日の朝一番に買いに行ってくれるかい。ひょろひょろの売れ残りを押しつけられなきゃいいけど」

返す言葉もなく、話題を変えた。「ディンマに何か買った？　ジュエリーにしようって話し合ったでしょ。わたしはあの子が欲しがりそうな本を買う。クリスマスには本は読むだろうから。それから、母があの子にセーターを編んでくれたらしいの。だから〝クリスマスの猫〟には食べられずにすむ」フルダはいたずらっぽい笑みを浮かべた。アイスランドにはクリスマスに新しい暖かい服を身につけていない子供は、恐ろしい猫に食べられるという言い伝えがある。

「ディンマが欲しいものなんてわからないよ。それとなく言ってくれたらいいんだが。ま、明日適当に選んでくるよ」ヨンはそう言うと、含み笑いをしながら付け加えた。「あの子がお義母《かあ》さんが編んだセーターなんて着ると本気で思ってるのかい」フルダが言い返そうとすると先手を打たれた。「このワイン、美味《うま》いね。高かっただけのことはある」

「ええ、悪くない」フルダはそう言ったものの味の違いがわかるほど飲み慣れてはいない。「母をからかうのはやめて。精一杯やってくれてるんだから」フルダと母親との距離はいまだに縮まらないが、ヨンにこんな言われ方をされるといい気はしない。

フルダとしては、ディンマが〝おばあちゃん〟といい関係を築けることを常に望んできたし、少なくともそっちはうまくいっていた。

「だけど、もうずいぶん長いあいだ顔を見せに来てないんじゃないの？」ヨンは言った。その少しからかうような物言いに皮肉が込められているのがわかる。その矛先がフルダと母親のどちらに向いているのかはわからない。おそらく両方だろう。

「それはわたしのせいよ。ここのところ忙しくて来てもらう時間も気力もなかったから」これは半分嘘だ。本音を言えば、母と過ごすのはあまり好きではない。ふたりの関係はいつもどこか不自然で、一緒にいると気疲れするのだ。会えばどうでもいい話ばかりしているのに。

フルダは生まれてから二歳まで乳児院で育てられた。当時のことや施設に預けた理由を母親に訊いてみたかった。おそらく祖父母がそうさせたのだろうと思っているが、なぜか母親よりも祖父母を許すほうが楽だった。もちろん乳児院にいた頃の記憶はないが、後に祖父から話を聞いて以来、その事実が頭から離れなかった。そのせいで母親とうまくいかないのかもしれなかった。捨てられたとか、愛されていなかったとか、そんなふうに感じるのは耐えがたかった。

フルダはヨンが買ってきた高級ワインを口に含んだ。

少なくともいまは愛されている。ヨンと幸せな結婚生活を送り、愛《いと》しい娘もいる。

そのディンマが機嫌よくクリスマスを過ごしてくれることがいまの願いだった。

　そのとき廊下で物音がした。

「目が覚めたのかな」フルダは立ちあがりかけた。

「いいから」ヨンがフルダの腿《もも》に手を置いて制する。そんなに強く押さえなくてもいいのにと内心思ったが、抵抗しなかった。

　ドアを閉めて鍵をかける音が聞こえた。

「トイレに行っただけだよ。さあ、落ち着いて。少し距離を置いたほうがいい。一気に成長するときを迎えたんだ」

　確かにヨンの言うとおりだ。思春期は大きな変化をもたらす。子供はきっとさまざまな方法でその変化に対処しているのだろう。難しい時期だが、いずれ終わりは来る。いま自分に必要なのは少し後ろに下がっておくことなのかもしれない。母親はつい感情的になるが、ときには力を抜いたほうがいいのはわかっている。

　静かに座ったまま、ヨンがワインを注いだ。フルダは礼を言った。

「今年もクリスマスイブはハンボルガラフリッグル〔ハムのロースト〕を用意したほうがいいんじゃないのか」ヨンが訊いた。冷蔵庫に入っているのに気づいていないらしい。

「ディンマと夕食を食べなかったの？　もう材料は買ってある」

「時間がなかったんだ。ぼくは帰る途中でサンドイッチを食べたし、ディンマは自分でなんとかしただろう。冷蔵庫にスキール〔アイスランドの伝統的な乳製品〕か何かいつも入ってるだろう？」

　フルダはうなずいた。

「仕事は忙しいのかい」ヨンが機嫌をとるように話題を変えた。

「ええ、忙しい。いつも事件を掛け持ちしているような状況よ。人手が足りないのよ」

「おいおい、ぼくたちは世界で一番平和な国に住んでいるんだぞ」

　フルダは微笑《ほほえ》んだだけで答えなかった。仕事の話はしたくない。悲惨な事件も担当している。夫とワインを飲みながらするような話ではない。なかでもずっと心に引っかかっているのは、秋に若い女性がセールフォスで忽然《こつぜん》と消えた事件だ。手を尽くしているが進展はない。明日もう一度ファイルを見てみよう。

　廊下でまた物音がした。思わず立ちあがった。ヨンの制止は無視した。

　廊下に出るとディンマが部屋に戻ろうとするところだった。フルダと目が合ったが、表情はなく、自分の世界に没入しているかのようだった。

「ディンマ、目が覚めたの？　大丈夫なの？」そう尋ねている自分の声が絶望の色を帯びていくのがわかる。

　不意にヨンに肩を抱かれた。その手に力がこもる。ディンマは両親の顔を交互に見ると、黙って部屋に消えた。

3

エルラはキッチンのテーブルでエイーナルと向き合って座っていた。古い長波ラジオから昼のニュースを伝えるアナウンサーの声が雑音と混じって聞こえてくる。ここは受信状態が悪く、どんなに雑音が入ろうが受信できるだけでも運がいい。エルラにとってラジオは生きるよすがであり、これがあるからまだここで暮らしていられるのだ。いくら読書が好きとはいえ、ラジオがなかったら厳しい冬は耐えられないだろう。好きな番組はラジオドラマや連続小説、とにかく気を紛らわせてくれるものだ。毎日ニュースが始まる前の音楽を聞きながら昼食をテーブルに出し、ふたりで食べながらニュースに耳を傾ける。昼の食事は毎日ほとんど変わらない。ライ麦パン、乳清《ホエイ》、温めなおした前の晩の残り物。今日は肉のシチューだ。キッチンが手料理の匂いで満たされている。

エイーナルは疲れた顔をしていた。目の下にくまができ、まだ五十代前半だというのに額には深いしわが刻まれている。ずっと身を粉にして働いてきて、この先も終わりは見えない。ふたりとも村の友人や知人とはだんだん疎遠になり、その上、一年のうちの数カ月は雪で道路がふさがり孤立を余儀なくされる。エィーナルは以前は政治に熱心だったが、いまは党の機関誌を買って選挙に行くだけだ。時事問題に興奮することも、政治を論じることもなくなった。どのみちエルラは夫に同調するので、ラジオ以外に議論する相手もいなかった。

何度も約束は取りつけたにもかかわらず、いまだにテレビ放送は受信できない。毎年のように責任者と言い争いになるが、この地域をカバーできる送信設備がまだないのが実情だ。それでもテレビの虜《とりこ》にならずにすんでいるのはいいことなのかもしれない。あとしばらくは古き良き時代を生きられる。エルラはそう自分に言いきかせた。もちろん内心では、夜にテレビの前に座って、ニュースや新聞の番組欄に載っている連続ドラマを見られたらいいのにと思っている。最近、民間の放送局がひとつできた。だが、こんな辺鄙《へんぴ》な谷間で受信できる日が来るとは思えなかった。

「気温が下がりそうだな」天気予報のあとにエィーナルがつぶやいた。食事のときの会話は天気の話が多い。重要なことではあるが、もう少し内容のある話ができないものかと寂しくなるときがある。

「そうね」相づちを打ったものの、エルラは天気予報はほとんど聞いていなかった。「嵐もやって来る。今年の冬はまったくやみそうにないな。毎日毎日雪ばっかりだ。

毎年こうだもの。この分だと干し草が春までもつかどうか」

「しかたないでしょう、エイーナル。わかっていることじゃない。いつだってわたしたちはここに閉じ込められる」

「〝閉じ込められる〟ってのはちょっと大げさじゃないか。確かに真冬は厳しいが」

エイーナルはエルラの視線を避けるようにシチューに目を戻した。

そのとき、まったく予期せぬ音がしてエルラは縮みあがった。

誰かがドアをノックしている。

エイーナルを見ると、スプーンを口に入れかけたまま凍りついたようになっている。やはり聞こえたのだ。

「アンナかしら。ねえ、アンナが来たんじゃない？」

エイーナルは答えない。

「誰かがドアをノックしたでしょう」

エイーナルはうなずくと立ちあがった。エルラも立ちあがり、ゆっくり歩いていく夫のあとについて玄関に向かった。たぶんエイーナルは風の音を聞き違えたと思っているのだろう。

だがエルラはそうではないとわかっている。

ドアの外に誰かいる。

4

フルダは職員食堂で口のなかのガンギエイを無理やり飲み込んだ。独特のアンモニア臭がたまらなかった。味はさほど悪くないのだが、とても好きこのんで食べるような代物ではなかった。一年に一度、聖ソルラオクルの日の伝統料理として、この発酵させたガンギエイ〝スカータ〟が職員食堂にお目見えする。どうしても食べられなければ、この刺激臭が充満するなかでトーストでも食べておくか、難を逃れて近所の店で手早くすませるかの選択を迫られる。

今朝、フルダとヨンはディンマに夕食にハンバーガーでも食べに行かないかと誘った。以前なら大喜びされたものだが、返ってきた反応は冷ややかだった。体調が悪いという。確かに少し顔色はすぐれなかったが、額に手を当てたところ熱はなかった。フルダはあきらめきれず、午後になればディンマも元気になって、三人で食事に行けるだろうと考えた。そのあとディンマをロイガヴェーグルまで連れていき、プレゼントを買ったりしてクリスマスらしい街の雰囲気を味わったあと、家に帰ってココアで体を温めようと決めた。そうだ、ツリーの下にもうひとつディンマのために小さな贈り物を置くことにしよう。元気づけられるものがいい。新しいレコードはどうだろう。今年の初めに堅信礼のお祝いにステレオをプレゼントしたところだ。今夜ツリーの飾り付けが終わったら、その包みも開けさせてやればいい。

とにかく、クリスマスのあいだずっと娘をあんな状態にさせておくわけにはいかなかった。夫婦で協力して娘を救ってやらなければならない……あんな……抑うつ状態から。フルダは頭に浮かべた言葉をすぐに打ち消した。十三歳の女の子がうつ病なんてありえない。過剰反応した自分を恥じた。大げさに考えてはいけない。事態を悪くするだけだ。

ディンマは気分屋なだけだ。反抗期なのだからしかたがない。そのうちに収まる。フルダはそう自分に言いきかせた。

5

またノックの音がした。さっきよりも大きな音にエルラはたじろいだ。

エイーナルは一瞬迷ったようだがドアを開けた。エルラは安全な距離まで下がった。もうもうと立ち込める雪煙が風に流されると、目の前に男が現れた。防寒着を着込み、厚いウールの帽子をかぶっている。「すみません、なかに入れてもらえませんか」小さな声が聞こえた。

「ああ……ええ」ためらうなんてエイーナルらしくない。わずかだが声におびえが感じられた。エイーナルがおびえるなんてめったにないことだ。だが知らない男のようだし、冬に客が来ることはなかった。夏なら話は別だ。食事と寝る場所を提供する代わりに仕事を手伝ってくれる若者をときどき受け入れている。

「ありがとう」男がなかに入る。「助かりました」そう言ってリュックサックを肩からはずし、雪を払い落として床に置くと、そばの椅子に座ってブーツを脱ぎはじめた。

「いや、お安いことだ」エイーナルは答えた。少し自信を取り戻したようだった。

「冬はあまり客は来ないんだがね。いや、まったく来ないと言ったほうが正しい。ここはそう簡単に来られるところじゃないから」

男はうなずいた。「確かに」片方のブーツを脱ぎ終え、いまはもう片方の靴紐《くつひも》をかじかんだ指でほどきにかかっている。服に付いた雪が溶けて床にぽとぽと落ちる。

「すみません。外で脱いできたほうがいいですね」

「ばか言っちゃいけない。さあ、遠慮しないで。家のなかに雪が少し入ったくらいで気にしないよ」エイーナルは言った。

「すみません。あとで拭いておきます」

男はブーツを脱ぎ終えると、次はコートを脱いだ。頬が寒さで赤くなり、目は落ちくぼんで充血している。

この人はクリスマスには家に帰れない。エルラはふとそんなことを考えた。天気予報によれば、これから天気は悪くなる。いずれにしても今日のうちに村に引き返すのは不可能だろう。相当疲れているようだ。だが幸いけがはなさそうだ。エルラは無意識のうちに男の鼻、頬、そして指に凍傷の徴候がないか確認していた。大丈夫そうだ。観察しているうちに不安になってきた。何か気になる。言葉で説明するのは難しい。エルラは逃げるように後ずさりして居間に戻った。エイーナルはまだ居間の入口に立ちはだかっている。男を招じ入れておきながら、神経をとがらせている。見ず知らずの他人が家に入ってきて、何をしに来たのかわからないのだから当然だ。きっとすぐに説明してくれるだろう。

「ちょうど昼食が終わったところなんだが、キッチンに来て軽く食べないかね。腹が減ってるだろう」

「それはありがたい。実を言うと、腹ぺこで」男は答えた。

「パンならある。シチューもまだ少し残っている」エイーナルは言った。

エルラは後ろに控えていた。

エイーナルは男を居間からキッチンに案内した。エルラも少し距離を置いて後ろに続いた。男は家のなかをしげしげと眺めている。アイスランドの農家に足を踏み入れたのは初めてだとでもいうように。実際、そうなのかもしれない。

三人はテーブルに着いた。ラジオからクラシック音楽が流れている。いつものようにときどき雑音が入る。男は食事に没頭した。しばらく誰もしゃべらなかった。エルラはエイーナルと目を見交わした。何をしに来たのか、訊いてみる？

「ようこそ」エルラは思い切って声をかけた。「エルラです。いつもふたりきりなので会えて嬉《うれ》しいわ」

エルラが手を差し出し、ふたりは握手した。

「わたしはエイーナルだ」

「失礼しました。とにかく疲れていて腹も減っていたものですから。レオと言います」

「じゃあ、レオ、こんな時期にこんなところまで何をしに来たの」

「長い話です」声にかすかに緊張が感じられる。「友人ふたりとレイキャヴィークから来たんですが、今日家に帰るはずが、わたしだけはぐれてしまって」疲れた顔でため息をついた。

「はぐれた？」

「ええ、わたしが道を間違えたんでしょう。ふたりともいまごろ心配しているにちがいない」

「こんなところで何をしてたの」

「ライチョウを撃っていたんです。あの、電話を借りてもいいですか。電話はありますよね」

男は椅子を後ろに押しやって立ちあがった。

「ああ、もちろんだ。こんな天気だと少し聞こえづらいがね、この前かけたときは大丈夫だった」

「昨日よ」エルラは口を挟んだ。「電話をかけたのは昨日」

「居間にある。共用回線だから接続までに少し時間がかかるかもしれないが、気長に待ってくれ」

レオは居間に消えた。

「発信音がしないんだが」しばらくして声がした。

エイーナルが立ちあがって居間に向かう。「何も押さなくていいんだ。受話器を上げたら発信音が聞こえるはずだ。だが言ったように、よその家が電話を使っていたら待たなくちゃならない」

エルラはキッチンに残って、男たちが何度も接続を試みるのを聞いていた。

「なんてこった。電話がつながらない。回線が故障しているみたいだ」エイーナルはレオとキッチンに戻ってくると言った。

「回線が？　でも……そんなこと……」エルラの声が次第に小さくなる。「確かなの？そんなこともうずいぶん長いこと起きてないじゃない」

「雪の重みのせいだろう。まったく困ったことだ」

「誰か修理にくるんですか」レオが訊く。

「状況次第だが、しばらく待たなくちゃならんだろう。どうせ後まわしにされる」エイーナルは苦笑いした。「気の毒だが、わたしにはどうもしてやれない。道路は雪で使えないから、わたしたちは真冬はここから出ないんだ」

「そうですか。わたしもすぐに引き返すことができるかどうか」

「いや、もちろんそうだろうとも。必要なだけここにいてくれたらいい。ただ、連れの人たちにはあんたの無事を一刻も早く知らせてやらなきゃならんと思っただけだ」

「ええ、そうなんです。捜索隊が出るようなことにならないといいんですが」

「捜索隊なら、すぐにここを見つけるさ」エイーナルは言った。

「あなたはどうやってこの家を見つけたの」エルラは話に割り込んだ。「ここに来れば家があるってどうして知ってたの」

「いや、知りませんでした。一軒でもあってよかった」

「もう一軒ある」エイーナルが答えた。

「そうなんですか。いや、そもそもこんなところに住んでいる人がいるとは思ってもいませんでした」レオは言った。

エルラは不審に思い、テーブルに戻った男を注意深く眺めた。本当のことを言っているのかどうか、よくわからない。まなざしはしっかりとこちらに向けられているが、表情からは何も伝わってこない。体格はがっしりとしていて、健康そうだ。年齢は四十代から五十代。疲れてはいるようだが、吹雪《ふぶき》のなかで道に迷うという試練を受けたばかりにしては、さほどまいっている様子はなかった。もちろん、見かけは当てにならないけれど。

「ここを見つけたのはまったくの偶然でした」男は話を続けた。「運がよかったんでしょう。雪のなかからポールが突きだしているのが見えて、道路だろうと思って、それをたどってきたんです。家は二軒しかないんですか」

「ああ、どこまで行ってもほかに家はない」エイーナルは言った。

「わたしたちがいるこの農場、それから娘のアンナの家がここから少し歩いた先にあるだけよ」エルラは説明を加えた。

「本当に、あんた運がよかったよ」エイーナルは言った。

「そうですね」レオはまたシチューを口に運びはじめた。もう冷めているはずだが、気にならないようだ。

「お昼のニュースでは何も言ってなかったけど」エルラは口にしてすぐに後悔した。張りつめた沈黙が降りる。エイーナルがしかめっ面でエルラを見る。気に障ったようだ。

「何をですか」しばらくしてレオが訊いた。明らかにとぼけている。

「あなたのことよ、あなたが行方不明になっていること」

「ああ、なるほど。いや、ニュースになるとは考えてもいなかったな。連れの男たちはベテランなので、すぐに警察には行かないと思います。きっとまだ自分たちで捜しているでしょう。はぐれてからそんなに時間が経っているわけじゃないですし、このあたりの地図も持っていますから。この農場は地図に載ってますよね。きっとここに向かっているところでしょう」そう言ってぎこちない笑みを浮かべた。

「載っている地図もあるにはあるし、この近くではぐれたんなら、追っつけ来るだろう」

会話が尽きると、また沈黙が続いた。客が食事をするのをじろじろ見ているわけにもいかないので、エルラの視線は夫と窓のあいだを行ったり来たりしていた。外は雪はやんでいたが、猛烈な風が吹いていた。家がぎしぎしと音を立て、冷たい風が壁や窓枠の隙間を探して入りこんでくる。昨夜のように気温が下がると、暖房は役に立たない。今日は少しましとはいえ、それでもまだ氷点下だろう。真冬に零度を上まわることはめったになかった。

「ありがとうございました」レオはシチューを食べ終えると言った。パンもほとんど平らげている。

「うちに泊まるといい。廊下の先に余っている寝室がある」エイーナルは言った。

「ご親切に感謝します」

「明日、村まで道案内してやりたいが、クリスマスイブだから家を空けるわけにはいかないんだ。かなり長く歩くことになるし、それはあんたもわかっているだろう。だから、クリスマスはわたしたちとここで過ごしてくれないか。クリスマスが終わったら村まで一緒に行ってもいいし、道がわかるところまで送っていくから」

「とんでもない。おふたりのクリスマスの邪魔なんてできませんよ」レオは慌てて言った。「明日の朝、出ていきます。朝になれば疲れもとれているでしょう。今日はちょっとした冒険でしたから、今夜は早く寝かせてもらいます」あくびをしながら言い「朝一番に出ていきますから、どうぞ水入らずでクリスマスを過ごしてください」と締めくくった。

エルラはまだこの客として迎えた男に気を緩められないでいた。男の態度に何か引っかかるものを感じて落ち着かなかった。たとえば、こののぞき込むような視線とか。「ご家族はあなたがどうして帰ってこないのか不思議に思ってるでしょうね」エルラは言った。

レオの反応は意外だった。顔をしかめ、すぐには答えなかった。しばらくして沈黙に耐えかねたように言った。「いいえ、誰も待っていませんよ」

「それにしてもこんなときに狩りに来るだなんて」エルラは引き下がらなかった。レオの言葉がまだ信じられない。それに夫がこれほど寛容な態度を見せているのも驚きだった。これが彼の作法なのだろう。田舎の人間は人をもてなすように育てられている。「だって、もうすぐクリスマスでしょう」

また返事が遅れた。「正直言ってわたしも友人もクリスマスは苦手で。それでも明日の朝までには帰る予定にしていましたがね。帰れなくてもへっちゃらですよ」そう言って微笑んだ。「お宅の明かりが見えたときは本当に嬉しかった。完全に迷ってしまって、死ぬほど怖い思いをしました……日が暮れたらどうしようかと」

「そうね、ここの夜はよそとは違うから」エルラがつぶやくと、レオは怪訝《けげん》そうな顔をした。「あなたが闇が怖くなければいいんだけど」

「なんだ、そういうことなら平気です。ところで、長い冬の夜をどうやって過ごしているんですか。ここはテレビは映るんですか」

「いや、映らない。ありがたいことに」エイーナルは心から言っていた。エルラは夫が話題を変えたがっていることに気づいた。妻に尋問のまねごとを続けさせたくないようだ。

「だったらテレビに邪魔されずにゆっくり奥さんと話ができますね」レオはわざとらしく言った。

「エルラ、レオを部屋に案内してあげたらどうだ」エイーナルが言った。

エルラはしぶしぶ立ちあがると、知らない男を泊めることに神経質になっている自分に言いきかせた。何かあったところで向こうはひとり、こっちはふたりだ。

「ありがとう」レオが穏やかな笑みを浮かべて、まっすぐ見つめてくると、エルラは疑ったことを恥ずかしく思った。ハンサムな男だ。背が高く、豊かな黒髪に少し白髪がまじっている。「あらためて礼を言います。お宅を見つけていなかったらどうなっていたか」

エルラは行方不明者のニュースが流れなかったことをまた思い出した。気になるが、きっと説明がつくことなのだろう。

「ちょっと動物たちの様子を見てくるよ。ゆっくりしてくれ、レオ。好きなだけ泊まっていけばいいから」エイーナルはそう言って出ていった。

エルラはアンナが昔使っていた部屋の隣りの寝室にレオを案内した。めったに使わないので少しかび臭かった。新鮮な空気を入れようと窓を少し開けると、カーテンが荒々しくはためいた。家具は古いソファーベッド、整理ダンス、ナイトテーブル、それだけだ。タンスにはシーツや枕カバー、それに夫婦とアンナの古着が入っている。タンスの上には額に入れた写真が飾ってある。エイーナルの両親や親戚の写真もあれば、夫婦で撮った写真もある。出会った頃のモノクロのスナップ写真も。若くてばかなことができた頃は、ふたりでよくポンコツ車に乗って遊びに出かけたものだ。そのときすでにエイーナルは農場を継ぐことを決めていたが、それがどんな意味を持つのかエルラには理解できていなかった。頭のどこかで、いずれはレイキャヴィークで自分たちの人生を築き、外国でバカンスを過ごせるようになると思っていた。そうした夢はなにひとつ叶《かな》わなかった。

その横の家族写真に赤毛のかわいらしいティーンエイジャーだった頃のアンナが写

っていた。

「シーツはここよ」エルラはタンスを指さし、あまり無愛想に聞こえないように気をつけた。

「ありがとう」そう言いながらレオが見つめてくるので、また落ち着かない気分になってきた。エルラのことをもっと知りたがっているようにも見える。

今度は近づいてきたので、エルラは襲われるのかと思ってたじろいだ。だが、すぐに立ち止まると言った。「少し横にならせてください。もうくたくたで」

エルラはうなずき、レオの横をすり抜けて部屋を出た。

「主人を手伝いに行ってくるから。用があったら納屋に来てちょうだい。運がよければ明日は家に帰れるでしょう」エルラはそう言い残すとドアを閉めた。

ふだんはエイーナルを手伝いに行ったりはしない。餌やりくらいエイーナルひとりでできるのだが、知らない男とふたりきりになりたくなかった。分厚いウールのロパペイサの上にダウンジャケットを着込み、ブーツを履いて外に出た。

エルラにとって寒さはさほど苦にならなかった。風が運んでくる冬の澄んだ空気を胸いっぱいに吸い込めるのは気持ちがいいし、暖かい格好をしていれば凍《い》てつく寒さは和らぐ。問題は目に映るこのどこまでも荒涼とした眺めだ。見えるはずのものがすべて雪で真っ白にかき消されている。今日も空は一面雲に覆われ、雪をはらんだ雲が猛烈な風に乗って頭上を流れていた。あと二、三時間もすれば真っ暗になる。闇は嫌いだ。冬は夜が迫ってくると、できるだけ外に出ずに、どこまでも広がる闇を見ないようにしている。そこには一縷《いちる》の望みを託せるかすかな光もない。アンナの家は遠すぎて、高台に隠れているので窓の明かりも見えない。月が輝いているときだけは夜も外に出ていける。月はエルラの友だ。親友だ。それでも、いくら月の光を浴びたところで孤独から逃れることはできない。この忌まわしい孤独からは。嫌というほどわかっているのは、何かあっても助けは来ないことだ……エルラは慌てて考えるのをやめた。

いまは雪はやんでいるが、そろそろまた降り出すだろう。この時期になると吹き寄せられた雪がうずたかく積もり、厳しい寒さで硬く凍ったまま、早くて二月、そうでなければ三月まで残る。

そのときレオの足跡が目に入った。特に理由もなくその足跡をたどってみると、確かに道路に沿って歩いてきたことがわかった。道はこの一本しかない。村からここまで続いており、途中にまずアンナの家があり、次にエルラたちの農場がある。

だがレオはほかに家は見なかったと言った。そんなことが可能だろうか。それとも、あれは嘘？　厚いセーターの下に汗が噴き出るのを感じた。突然、レオ――それが本名なら――があとを付けてきていて、真後ろに立っているような気がした。聞こえてくるのは唸《うな》るような風の音だけで、視界はフードで遮られている。エルラはゆっくりと振りかえった。

誰もいなかった。

エルラは急いで家に向かった。ブーツが雪に沈み、もがいてももがいても悪い夢でも見ているように前に進まなかった。

ようやく玄関にたどり着くとドアを開け、マットでブーツの雪を落とした。そのときふと目を上げたのは、今度は本当に人影を見たからだ。レオが青ざめた顔で廊下に立っていた。エルラとエイーナルの寝室から慌てて出てきたのは間違いなかった。

6

「悪い男の車に乗ってしまったとしか考えられない。これといった手がかりは得られていないがね」セールフォス署の警部が電話の向こうで言った。

「そうですか」フルダは言った。事件が未解決のままになっているのは気になるが、その女性が意図的に失踪した可能性も充分にあった。残念なことに自殺はさほど珍しいことではないのだ。だがセールフォス署では女性がヒッチハイクをして事件に巻きこまれた可能性も検討していた。

女性は年齢二十歳、レイキャヴィーク郊外の高所得者層が多いガルザバイルという町に住み、大学に入る前に一年間の予定で旅行に出たという。父親は弁護士、母親は看護師をしており、フルダは捜査の過程で両親とは何度も会って話をしたが、家庭内に問題がある様子はなかった。あらゆる状況を勘案しても、ごく普通の娘が忽然と姿を消したとしか言いようがなかった。

「そっちはどうなんだい」セールフォス署の警部が尋ねる。

「こっちですか」

「捜査は進んでいる？　きみが担当しているんだろう」

「ええ、そうですが、まったく進んでいません。足取りは完全に途絶えています。だからお電話したんです。何か新しい情報がないかと思って」

この前に聞いたところによると、女性はレイキャヴィークから東に五十キロほど行ったアイスランド南部のセールフォスという小さな町の古いコテージを借りて滞在していた。そのときには両親に連絡があり、地元の住民にも目撃されていたが、その後の足取りについてはまったくつかめていなかった。警察はコテージをくまなく調べたが、争った形跡もなければ、ほかに人がいた痕跡もなかった。女性の所持品もなくなっていることから、自分の意志でそこを去ったと思われた。

警察はセールフォスの町を流れる大きな乳白色の川エルヴスアゥの両岸やコテージ周辺を広範囲にわたって捜索した。近隣に聞き込みをし、情報提供を呼びかけたが、名乗り出る者はなかった。警部によれば、この時点でヒッチハイクがらみではないかという疑惑が出てきたらしい。確かに狙われやすい年齢であり、写真で見る限り、魅力的な長身痩軀《そうく》の赤毛の娘だった。まだ若いにもかかわらず、旅行の経験は豊富だった。誰に聞いても評判はよく、芸術家を目指していたとかで、一年間の休暇旅行も執筆と絵を描くことに専念するためだったという。

「隠れた美を見いだせる子でした」と母親から聞いたのは、裕福な中産階級らしい家を訪問したときだった。「心に感じたままを映した飾り気のない詩をよく書いていました。そのうちに小説を書くという夢を追いかけるようになって」

事件はニュースでも大きく取りあげられた。失踪事件はアイスランドのような平和で小さな島国では珍しく、ごくまれに殺人事件に発展することがあるせいだろう。だがフルダの印象では、時間が経つにつれておおかたの人々は娘は自殺したに違いないと結論づけたようだった。とはいえ、警察がそう考える根拠はなかった。

「フルダ、何か進展があれば連絡するが、期待しないほうがいい。きっと変質者の仕業だ。頭のいかれたろくでなしがうまく言いくるめて、車に乗せて暴行したんだろう。前にも似たようなことはあった。わたしは、彼女はもう死んでると思う。間違いない。遅かれ早かれ証拠も出てくるだろう。それまでわれわれにできることはないと思う」

フルダは警部の見通しに同意しつつも、行方不明の女性をこのまま放っておけなかった。これはフルダの事件だ。解決する義務がある。それに、自分の問題から気をそらせるものが必要だった。ディンマのことで家のなかの空気は悪くなる一方だった。

「何かできることはないですか。どんな些細《ささい》な手がかりでもあれば追ってみますから」

警部はため息まじりに言った。「家族が待ってるぞ、フルダ。もうすぐクリスマスじゃないか」

フルダはむっとして挨拶もそこそこに電話を切った。

職場は静かなものだった。誰もがクリスマスを楽しみにしていて、進行中の大きな事件の捜査もなく、休み明けまで待てない緊急性の高い案件もなかった。フルダの場合は、どうせ二十五日に出勤するのだから、今日は早めに仕事を切り上げてもよかった。予定通り帰りに街へ寄って娘にジュエリーを買うこともできるだろう。だが、そうしないことは自分でわかっている。警察という男性支配の世界に身を置くフルダは、常に自分の能力を示すために闘っている。決して弱みは見せられない。聖ソルラオクルの日に早退して仕事より家庭を優先する〝母親〟でありたくなかった。男性のライバルより仕事に打ち込んでいる姿勢を示さなくてはならなかった。

フルダはまたファイルに目を通しはじめた。だが頭のなかはディンマのことでいっぱいだった。

7

ウンヌルは最後にもう一度コテージに戻って、忘れ物がないか確認した。ここでの暮らしは本当にのどかで快適だった。この夏、ウンヌルはあらゆる束縛を逃れて、偶然の導きに身を任せてきた。かつてないほど自由だった。一年間浪人生活を送るという決断には誰よりも自分が驚いた。けれど、やってみると意外に簡単だった。学校の成績は常に上位だったので、ガルザバイルで暮らす比較的裕福な両親は、当然娘はそのまま大学に進学するものと考えていた。正直なところ、ウンヌルもそのつもりだったが、ある友人から一年間外国に〝自分探し〟の旅に出ると聞かされた。道に迷っているわけではないウンヌルに自分探しをする必要はなかったが、旅に出るというのはいい考えだと思った。一年間好きなところで好きなことをして、知らない人と出会う。そのあいだに執筆も少しできるだろう。そう、たぶんそれが本当の理由だったのだろう。本を書きたかったのだ。子供の頃からずっと紙に走り書きをしていた。ここ数年は芽生えたばかりの小説のアイデアを頭のなかで練りながら歩いている。友人のように外国へ行くことも考えたが、それよりも自分の国を旅してまわることにした。すべてを運にまかせて。どこに行くかはわからないし、資金もあまりないので、上手にやりくりしながら旅をする必要があった。親に借金することもできたが、ウンヌルは生まれて初めて自立したいと思った。

この数週間はセールフォスの郊外にあるこの古いコテージにいた。ここにやって来たのもまったくの偶然だった。友人から芸術家に貸し出している家があると聞き、駄目元で家主に連絡をとった。本を書くという志はあるものの、まだ芸術家でもなければ作家でもない。家主はすでに年金生活をしている女性だった。一緒にコーヒーを飲んだところたちまち意気投合し、女性はウンヌルに家を貸すことを快諾した。「必要なだけいなさい。出ていくときはマットの下に鍵を置いていってね」と。そしていま、ここを立ち去るときがきた。小説は順調に進んでいる。筆記帳一冊がいっぱいになり、いまは二冊目の途中だ。すてきな人たちとの出会いもあった。一番近い隣人でさえかなり離れているようなところだが、ウンヌルは足繁《あししげ》くセールフォスの町に通って人と付き合うようにした。作家になるつもりなら、さまざまな人間を知ることが肝要だ。友人とは違って、これは自分探しの旅などではなく、他人の暮らしを知り、たくさんの経験を積み、みずからの世界観を広げる旅だと考えている。そしてできれば、頭のなかで渦巻いているすべての思いを紙に書き留め、本にしたいと願っている。

コテージに忘れ物がないことを確認すると、ドアを施錠し、マットの下に鍵を置いた。何よりも大切な筆記帳をはじめ、持ち物はすべて大きなバックパックひとつに収まっている。いま必要なのはどこか別の場所に移って、違う環境で新しい人々と出会うことだ。向かう先はどこでもよく、これといった計画もなかった。鳥のように自由でありたい——そう考えるだけで胸が高鳴った。

ウンヌルはセールフォスに向かう道をゆっくりと歩いた。こんな早朝に歩いている人はもちろん車もほとんど走っていない。学校に行くために夜明け前に起きることには慣れている。自由の身になったからといってその習慣は変わらない。作家として成功するには自己管理は不可欠だ。こうした生活が自分に合っていることに気づいたウンヌルは、大学進学は忘れてもいいのではないかと考えはじめていた。もちろん両親は反対するだろう。それに、いまは魅力的に思える暮らしも、以前の生活に戻って現実の目で見たとたんに色あせて見えるのかもしれなかった。それでも、本だけは書きあげようと決めている。

なかなか車には乗れないことは経験からわかっていた。わざわざ車を止めて見ず知らずの若者を乗せてくれるドライバーにはそうそう会えるものではない。たまに車が止まると、明らかにアイスランド人だとわかるドライバーでもほぼ例外なく英語で話しかけてくる。道ばたでヒッチハイクするのは外国から来た旅行者しかいないと思っているのだ。自分はそうした固定観念に当てはまらないのだと思うと嬉しかった。娘がヒッチハイクで国内を一周するつもりだとは夢にも思っていない母親には、バスで移動すると嘘をついた。両親には最小限のことしか話していない。一年間アイスランドを旅行し、新しい人々と出会い、旅の途中で仕事を見つけて生活費をまかなう。それだけだ。ときどき両親には手紙を出している。その代わりに好きなようにさせてもらっている。両親はウンヌルを信頼している。一年経ったらガルザバイルに戻って大学に入る。それが両親との約束だ。

歩いているあいだに何台か車が通り過ぎたが、ウンヌルに気を留めた者はひとりもいなかった。それはそれでいい。別に急いでいるわけではなかった。冒険の次のステージは始まったばかりだ。働く代わりに泊めてもらえるようなところが見つかればいいのだが、必要なら宿泊費を払うこともできる。少しなら貯金があるし、倹約のしかたは知っている。それに、頼めば両親がなんでも送ってくれることもわかっている。いわゆるセーフティーネットだから使うつもりはないが、深刻な事態に陥った場合は別だ……。そんな恵まれた家庭で育ったことにウンヌルはいらだちを覚えていた。自立したかった。自分で自分の面倒が見られることを証明したかった。こうして旅に出てようやく臍《へそ》の緒が切れたことを実感していた。

エンジン音が近づいてくるのを聞いて、ウンヌルは路肩に立ち止まって振り向いた。

白の古いＢＭＷだった。両親がかつて乗っていたのと同じ車だ。ウンヌルは親指を突き出した。車が速度を落とす。やった。これで次の一歩を踏み出せる。目的地はどこになるかまだわからないけれど。

8

エルラはマットの上で立ちすくんだ。石になったように言葉が出ない。心臓が激しく打ち、久しぶりに正真正銘の恐怖を感じていた。

「トイレを探していたんです」レオは言った。嘘だ。エルラは確信した。寝室のドアはいつものように開いている。レオを案内した部屋のすぐ隣りだから、気づかなかったはずがない。トイレとは間違えようがない。バスルームのドアも開いている。

「ト、トイレ……」言葉がうまく出ない。「……トイレはそっち。あなたの部屋の隣りにある」

「そうか。そうでしたね」レオは微笑んだ。魅力的な笑顔だが、エルラにはなぜか凄《すご》みを利かせているように映った。よけいなことを訊くのはやめておこう。いまはエイナルがいない。一瞬覚えた怒りはすでに恐怖にかき消されていた。いますぐ寝室に入ってレオが触れたものがないか確認したかったが、夫を捜しにまた外に出た。

　エイーナルは羊に餌をやっていた。動悸《どうき》はまだ治まらなかった。納屋のなかは耳になじんだ鳴き声と草を食《は》む音、干し草の甘い香りに混じった糞《ふん》と羊毛の臭い、そして動きまわる羊たちの背中から立ちのぼる熱気に満ちていた。昔は動物たちと一緒にいるのが楽しかったが、歳月を重ねるにつれ家畜も自分をこの土地につなぎ止めている鎖のひとつに思えて、恨めしく思うようになっていた。

　エルラは迷った。さっきのことを言ったほうがいいのか、それともただエイーナルにぴったりくっついて目を光らせておけばいいのか。何も悪いことなんて起きない、朝になればレオは出ていく。そう信じていればいいのだろうか。だがそれは希望的観測にすぎない気がした。

「どうした、大丈夫か」エイーナルが訊いた。不安な気持ちが顔に出ていたのだろう。

「ええ、大丈夫。ただ、あの人のことがちょっと気になって。泊めるのは気が進まない」

「気になるってどうして？　客を泊めるのは慣れているじゃないか」

「そうだけど、ちょっと違うでしょ」

「何が違うんだ。夏場はいつも泊めているだろう。たまに金を払っていく客もいるが、たいていは仕事を手伝う代わりに泊めてくれっていう連中だ。彼らだって見ず知らずの他人だぞ。おれが留守のあいだでも受け入れているじゃないか」

「そうだけど」

「違いがあるとすれば、今回は金を取るつもりはないってことだけだ。取るわけにはいかないだろう。道に迷って困った人を泊めてやるのはおれたちの義務だ。違うか？それとも金を払ってほしいのか」

「まさか、そんな意味で言ってるんじゃない。あなたは変だと思わないの？」

「冬にこんなところまで来るなんて珍しいとは思うよ。だからと言ってありえないことじゃない。変な勘ぐりはよそう。気の毒な男にもてなしの心を見せてやろうじゃないか。どうせすぐに出ていくんだから」

エルラはあきらめてうなずいた。

9

夜の帷《とばり》が降りていた。エイーナルとエルラはレオと夕食のテーブルを囲んだ。ニュースを伝えるアナウンサーの声にパチパチと雑音が入るのは、遠い首都から山や荒野や溶岩砂漠を越えて電波が飛んでくるせいだろう。エルラはキッチンを眺めた。黄色と白の設備一式はエイーナルの両親から受け継いだ。重厚な木製のテーブルも家宝だが、椅子はエルラが選んで買ってきたものだ。初めは、自分の好みではない家具や調度品に囲まれて暮らすのは嫌でしかたなかったが、いまではどうでもよくなっていた。

エルラは夕食が始まってからいっさい口を出さず、エイーナルに客の相手をまかせていた。

「ここじゃ、スカータは食べないんですか」レオが、エルラが出したラム肉のローストを食べながら訊いた。

「食べたことないね」エイーナルは言った。「元々東部じゃ食べる習慣はなかったんだ。助かったよ。腐った魚なんてごめんだ」笑い声が響き渡る。

「農業はうまくいってますか」

「まあ苦労の連続だが、なんとか踏みとどまっているよ。もしわたしが死んだら、この谷から農場は消えてしまう。自分の墓石に〝最後の農夫〟なんて刻まれたくはないがね」

「でも、それは避けられないんじゃないですか。いや、つまり時代は変化しているってことですが」

「わたしは古い人間だから、人は土を耕しつづけるべきだと考えている。だが、あんたはここの何もかもが珍しいみたいだな。農場で過ごしたことなんてないんだろう」

「ええ、そのとおりです。でも、あなたがたの不屈の精神には感心しますよ」レオは言った。

　エルラは夕食にほとんど手をつけずに背筋を伸ばしたままレオを見ていた。レオはそんなエルラに気づいているようで、エイーナルとなごやかな会話を続けながら、ちらちらと様子をうかがってくる。エルラは男たちのたわいもない話に割って入って、いったいどういうつもりなのかレオに訊きたくてたまらなかった。なぜここにやって来たのか、望みはなんなのかと。だが、その前にエイーナルともう一度話し合うべきだろう。

「冬場はどこかに出かけたりするんですか」レオが訊いた。

「外出なんてめったにできないさ。厳寒期は道路が通行止めになる。除雪車を出してもらえるようなコネもない。それに羊たちに餌をやらなくちゃならない」

「誰もわたしたちのことなんて気にかけてないのよ」エルラは口を挟んだ。

「そこまで言うことはないだろう」エイーナルは気まずそうに微笑んだ。「だが、地元の議会に親しい議員のひとりでもいたら、ちょいと圧力をかけてもらって通行止めになる期間を短くできるかもしれない。すべては政治だ。どこの誰を知っているかで決まる。レイキャヴィークだってそれは同じだろう？」

レオはすぐには答えず、こう言った。「ええ。そう言われてみると、そうだと思います」

エルラはその様子を見ていて、レオは有力者にコネがないという悩みなんか抱えたことがないのだと思った。安楽な人生を送っていて、金にも不自由しないのだろう。着ている服は明らかに高価なもので、どこも傷んでおらず、エルラは急に自分たちのみすぼらしい身なりが恥ずかしくなった。

こんな時期に都会の人間がここまで狩猟に来るのは珍しいと思ったが、金持ちにとってはスポーツなのだ。自分たちにそんな金があれば……農場の世話を人に頼んで、どこか別の場所で暮らせるかもしれなかった。エイーナルが絶対に土地を売らないことはわかっているので、売らずにどこかに引っ越せないかと考えることがある。それならエイーナルも聞き入れてくれるかもしれないと。そんな夢を叶えるために、村に行くと必ず宝くじを買っていた。エルラが入っていくと店の女の子がにっこり笑って言う。「いらっしゃい、エルラ、宝くじですか」そしていつも似たような言葉を添える。「今日のあなたはついている気がしますよ」

そう現実離れした夢でもなかった。少し前に隣りの村で販売された宝くじで大金を当てた者が出たのだ。言うまでもなく当選者はレイキャヴィークに移住した。

「なんでも勝手に使って――」エイーナルが話している途中でキッチンの明かりがちらつき始めた。

「どうしたんでしょう?」レオが訊く。

電気が切れかかっている。しばらく薄暗くなると、また何ごともなかったように明るくなった。

「いまに始まったことじゃない。停電はここでは日常茶飯事だ。いや、それほど多くはないが、よくあるんだ」エイーナルは説明した。

「弱ったな。停電なんて予想もしていなかった」

「田舎へようこそ。わたしたちはもう慣れっこだ。いつもロウソクを用意してあるし、ポケットにはマッチを入れている。もちろん懐中電灯も使うが、わたしはロウソクの明かりのほうが好きだ」そう言ってエイーナルは胸ポケットからマッチの箱を取り出した。「備えあれば憂いなしってね」エイーナルは笑ってみせたが、エルラは夫の不安を感じとった。レオに何か疑いを持ちはじめたんだろうか。いや、おそらく停電と電話の不通という経験のない偶然が重なって心配になってきたのだろう。

「まだあなたの行方不明のニュースが流れない」エルラは男たちに聞こえるようにつぶやいた。

「いや、話に夢中で聞いていなかったな」レオは弁解したが、ライチョウを撃ちにきたハンターが行方不明だとラジオで報じられたら、誰も聞き逃したりしなかっただろう。

エイーナルもエルラも口をつぐんだ。レオは皿に視線を落として、ラム肉を口に入れた。アナウンサーは淡々とニュースを読みつづけている。「みんなまだわたしを捜していて、山から下りてないんでしょう。だからですよ……きっと。自分たちで徹底的に捜してから助けを求めるつもりなんだ」

「みんな？　何人いるの？」エルラは言葉尻をとらえた。

「えっと……三人です」戸惑いながら答えた。

「あら、それは変ね」エルラは激しい動悸が声に表れないことを祈った。

「変ってどうしてだ」訊いたのはエイーナルだ。

エルラは夫を見やり、レオに視線を戻した。「さっきは友人ふたりと狩りに来たって言ってなかった？　あなたを入れて三人だったんじゃないの？」

レオは明らかにうろたえていたが、すぐに居直った。「ふたりだなんて言いましたか？　いえ、三人です。わたしを入れて四人だった。冬山は充分なバックアップが必要ですからね」嘘をついているのは火を見るより明らかだった。

レオはエルラに挑戦的な視線を向けた。一瞬その目に紛れもない敵意が現れたが、すぐにまた元の無表情な目に戻った。

電灯が再びちらつきだす。

「くそっ、また停電だ」エイーナルはこの機に乗じて話題を変えた。こういうところは実にエイーナルらしかった。政治をめぐる議論は別として、口げんかであれ、つかみ合いであれ、どんな争いごとも嫌がり常に対立を避けようとする。水のように抵抗が小さい道を見つけるのが上手なのだ。ただ、追い詰められたときはどうなるかわからない。それが夫エイーナルだ。変えることはできない。老犬に新しい芸を仕込むことはできないように。だからエルラは、ここで主導権を握るのは自分だとわかっていた。この危険な男を追い払えるかどうかは自分にかかっていると。

「また停電だ」エイーナルが繰り返す。「クリスマスはよく停電するんだ」

「クリスマスにですか。それはつらいですね」

「仕方ないさ。クリスマスはどうしたって電力網に負担がかかる。わたしたちはそんなときでも精一杯楽しむすべを心得ている。そうだよな、エルラ」

　エルラは黙ってうなずいた。

「プレゼントを開けて、ロウソクの明かりで本を読む。いいもんだよ。昔を思い出す。わたしの家族は何世紀にもわたってここで暮らしてきた。先祖が遺してくれた土地だ。ここがわたしに与えられた地球の一角だ。自分の面倒は自分で見ないとな」

「本当にそうですね」

「ところでレオ、お仕事は何をしているの？　友人と一緒にレイキャヴィークから来たって言ってたけれど、レイキャヴィークに住んでいるの？」

「えっ？　ああ、そうですよ。レイキャヴィークに住んでいます。教師をしています」

「学校は冬休み？」

「そうです」

「どんな学校？」時間を稼ぐかのように繰りかえす。

　その先は考えてこなかったんだろうか、とエルラはひそかに思った。

「大学です。大学で教えてるんですよ」

「何を？」エルラはさらに訊いた。

「心理学です」

「それは驚いたな。あんた心理学者なのか？　わたしたちを分析するつもりじゃないだろうな」エイーナルは冗談っぽく返したが、緊張感を払拭することはできなかった。

「そんなことしませんよ」レオは作り笑いを浮かべた。

照明がまた暗くなった。

「これは本当に停電するぞ。いつもこんな調子で始まるんだ。レオ、あんたの部屋にロウソクはあったかな」エイーナルはレオに訊き、確かめるようにエルラのほうを見た。

「あの部屋には置いてなかったと思う」エルラはしばらくして言った。「でも予備があるはずよ。ひと晩だけなら一本で足りるでしょ。レオ、明るくなったらすぐに発《た》つのよね」

「ええ、もちろん、そのつもりです」

「ほらマッチだ」エイーナルが胸のポケットからマッチ箱を差し出す。「わたしたちの分は部屋にある。闇に負けるんじゃないぞ」

「ごちそうさまでした。とても美味《おい》しかった」

「家内は料理上手なんだ。もっと食べなくていいのかい」

「ありがとうございます。でも、もうお腹《なか》いっぱいです。あなた方は命の恩人だ。おかげでだいぶ元気になりました。是非ゲストハウスを開業すべきですよ」レオはふたりの顔を交互に見つめて言った。

エイーナルは微笑む。「もうやっているよ。だから慣れている。この夏も、もう夏の終わりだったが、レイキャヴィークから若者がふたりやって来た。いい子たちでね、ここに三、四日泊まっていった。そうだ、エルラ、いま思い出したが、この前村に行ったときに、あの子たちが忘れていった手紙を投函《とうかん》しておいたぞ」

「あの子たちの手紙？」

「ゲストルームの本のあいだに挟まっていた。うっかり滑り込んじまったんだろう。手紙がどうなったか、あの子たちも、受け取るほうも気になっていたはずだ」

「それで……」レオは言いよどみ、しばらくして適当な言葉を見つけたように言った。「こういうところだと、すべてがマイペースで進むんでしょうね」

「そのとおり。新聞はいつも届く頃には古くなっているし、時計は何年も止まったままだ！」エイーナルの笑い声がむなしく響いた。

エルラの視線は窓の外に向いていた。雪がまた降りはじめていた。しんしんと降る雪がレオの足跡を覆い、ついている嘘の証拠を消していく。だがエルラは知っている。それで充分だ。警戒しながら男たちの世話を焼く。白い雪の舞がどんなにきれいであっても、エルラには不吉な前兆にしか思えなかった。

また雪が積もる。雪に包囲され、がんじがらめにされる。この分だとホワイト・クリスマスだろう。いつものことだ。真っ白で息が詰まりそうになる。その上、今年は招かれざる客が平和な家に入りこんできて、空気に毒を盛った。そうとしか言えない。レオは毒を盛った。外は風が吹き荒れている。この風が〝神に栄光、地には平和〟の先触れとはとても思えなかった。

「居間に移ろう」エイーナルが立ちあがる。「コーヒーでもどうだ」

「いいですね」レオも立ちあがる。

「あとで持っていく」エルラは男たちがキッチンを出ていくのを見送ると、食器棚からコーヒーを取り出し、三杯分のコーヒーと水を量《はか》ってコーヒーメーカーに入れ、スイッチを入れた。あとは停電する前にできあがることを祈るばかりだ。

ポットにしたたり落ちるコーヒーを眺めながら、居間から聞こえてくる男たちの声に耳をそばだてる。ラジオが天気予報に変わると、エルラはラジオを消した。また吹雪になるとわざわざ聞く必要はなかった。

エルラはコーヒーを居間に運び、自分のカップにも注いだ。カフェインをしっかり摂《と》って今夜は不寝《ねず》の番をするつもりだ。「ミルクとお砂糖は?」レオに尋ねる。夫にはいつものようにミルクも砂糖もたっぷり入れた。

「ブラックでけっこうです」

エルラも座った。三人とも黙っていた。窓から雪が渦を巻いているのが見える。

「立派なツリーですね」レオが沈黙を埋めるかのように口を開いた。

エルラは返事をしなかった。調子を合わせておしゃべりに興じるつもりはない。エルラの頭にあるのは、一刻も早くこの男を追い払うことだけだ。歓迎されていないことをはっきり伝える必要がある。この家にいていつも幸せというわけではないが、ここはエルラとエイーナルの家であり、エルラにとっての聖域だった。それがいまは心の平安も身の安全も脅かされているように感じる。

「今年はちょっと大きすぎたがね。こんなでかいのを用意するつもりはなかったんだが、運び入れるまでわからないんだよ」

「いや、このくらいあるほうが見栄えがするし、華やぎますよ。ここにはもう長く住んでいるんですか」

長すぎるくらいね、とエルラは言いたかったが唇をかみしめた。

「生まれてからずっとだ」エイーナルが得意げに答える。「エルラはレイキャヴィークの出身だが、わたしと出会ってこの農場に嫁いできた。ここは住むにはいいところだ。静かだし、こんなところじゃ何ひとつ起きない。もちろん、誰にでも受け入れられるわけじゃないが、エルラはすっかり慣れたようだ。だが、あんたには別世界だろうな」

「本当に。わたしは街の喧騒《けんそう》とともに育ちましたから。明日発たなくちゃならないのが残念です。こんな静かな雪のなかでクリスマスを過ごせたら、生涯忘れられない経験になるだろうに」

「ええ、残念ね」エルラはにべもなく言った。

「確かにここはいつも静かだ」エイーナルが妻の無礼を取りつくろう。「何も起こらない。だが、クリスマスはちゃんと祝う。自分への褒美として特別な料理も用意する。そしてラジオでクリスマスの礼拝を聴く。受信状態によるがね。さっきのニュースでわかったと思うが、雑音がしょっちゅう入る。聖歌を聞きながら、歌詞を暗記しておけばよかったと思うときもある」エィーナルがおかしそうに笑う。

「教会まではかなり距離がありそうですね」レオが言った。

「そうなんだ。冬に教会なんか行ってられない。昔、お袋が嘆いていたのを覚えているが、エルラとわたしは気にしないようにしてきた。おおかたのことは慣れるもんだ」

「それはそうと……」レオはエルラのほうを向いた。「娘さんはどうしてるんですか。明日はここに来るんですか。家は近いんですよね」

「もちろん来ますよ」エルラは即答した。「お昼にはね。あなたはもう発ったあとだから会えないけど」

「そうですか……娘さんはおいくつですか」戸惑ったような間のあとにレオは訊いた。すぐには答えなかった。ここは知恵を絞ったほうがいい。そろそろ嘘を暴くときだ。エルラはエイーナルに目で伝えた。ここはわたしに任せて。

「聞かなくても知ってるくせに」エルラはなじるように言った。かなりの衝撃だったようだ。レオははじかれたように身を引き、コーヒーを服にこぼした。

「何を言ってるんですか」レオが訊きかえす。このとき明かりがまた点滅を始めた。いよいよだ。消えている時間のほうが長くなった。会話が途切れたせいで、エルラの攻撃は宙に浮いた。レオはすかさず言った。

「まいったな。停電なんて慣れてないんです。なんとかできないんですか？　発電機は？」

「ない」エイーナルがにっこり笑う。「あんな高いもの買うなんて考えたこともない」どうやらエイーナルは都会育ちの男をからかうことに密《ひそ》かに快感を覚えているようだ。エルラはソファーに座ってコーヒーを飲むレオを眺めた。カップに睡眠薬を入れておけばよかった。そうすれば安心して眠れたのに。どうしてもっと早く思いつかなかったんだろう。このままでは今夜はとても眠れそうになかった。

「コーヒー、ありがとうございました。すっかりお世話になって感謝しています」レオは飲み終わっていなかったがそう言った。

「急いで寝る必要はないぞ。エルラもわたしも話し相手がいて嬉しいんだから」エイーナルが引き留める。

「そう言ってくださるのはありがたいが、正直、少し眠くなってきました。それに今日は聖ソルラオクルの日だ。いろいろと予定があったでしょう。クリスマスの最後の準備とか」

予定なんかない。エルラは声に出さずにつぶやいた。準備はずっと前からしてあった。夫の手は借りていない。口でどう言おうが、エイーナルはこういうことにはほとんど関心がない。クリスマスであれイースターであれ、ふだんと変わらない。祭日や祝日だからといって日課を変えることもない。いつもエルラがひとりでがんばるしかなかった。

試しに何もしないで夫が気づくのを待ってみようかと考えたこともあった。もしモミの木を切ってきてくれと頼まなければ、もし二十四日にソーセージしか出さなかったら、もしプレゼントを渡さなかったら、気づいて何か言うだろうかと。

「もう少しここにいたらどうだ。せめてコーヒーを飲み終わるまで」エイーナルがまた引き留める。

「ありがとう」レオは答えたものの居心地は悪そうだ。視線は部屋をさまよっている。

何かを探しているのか、それともこの息が詰まるような場から抜ける道を考えているのか。エルラにはわからなかった。

「この家の大きさってどのくらいですか」話題を見つけようとしているのか唐突な質問だった。

「大きさって、何平米かってことかい。いや、覚えてない。そんなことは考えもしなくなった。売るつもりはないからね。ここで歳《とし》をとるつもりだ、わたしもエルラも」

そう言ってエルラに向かって微笑んだが、エルラは笑みを返さなかった。

「平屋建てですよね」

「そうだが、屋根裏に小さな部屋がある」

「物置ですか」

「物置部屋のほかにひとつ小さな部屋があって、夏場に農場を手伝いに来る若者や、たまにやって来る旅行客を泊めている」

「だったら、わたしもその部屋に泊めてください。そのほうがお邪魔にならないでしょう」

「とんでもない。屋根裏には暖房がないんだ。下の寝室のほうがずっと楽に過ごせる。いつもは客は上に泊めることにしているんだが、大変な目に遭ったあんたをあんな寒いところで我慢させるわけにはいかない。風邪でも引かれたら大変だ。嵐に遭って道に迷った者の面倒を見るのはこの荒野で暮らす者の義務だ。あんた死んでいたかもしれないんだぞ、わかってるのか？　ちゃんとした装備もせずにこんなところにやって来るなんて……あんたの友だちとやらは責任ってものを自覚してるんだろうか。全員に方位磁石や地図をちゃんと持たせておくべきだ。まったく無謀にもほどがある」エイーナルの声には非難が強くにじみ出ていた。

レオは首を振りながら、友人を思いやるように言った。「彼らを責めたくはありません。わたしが悪いんです、本当に。わたしがもっと気をつけるべきだった。自分の行動の責任は、結局のところ自分でとらなくちゃならない。違いますか？」

「そりゃまあそうだな」エイーナルは答えたがエルラは黙っていた。

「それはさておき、すてきなお宅ですね。とても居心地がいい」

「ああ、わたしたちはここで暮らせて幸せだ」

「地下室もあるんでしょう」

「地下室？　ああ、あるよ、地下室も。どうしたんだい、まさかここを買いたいってか！」エイーナルは自分のジョークに大笑いし、格子柄のシャツをコーヒーで汚すところだった。

「いや、いや、さすがにわたしには遠すぎます。ちょっと興味を持っただけです」

「地下にあるのは冷凍庫と食料品だけよ」エルラは低い声で言うと、招かれざる客をにらみつけた。

「ご心配なく。下りていくつもりはないですから」レオは冗談めかして言った。

エルラはレオの探るような視線をかわし、窓ガラスに映った部屋に目を向けた。

「ここに来る途中、アンナの家には寄ったの？」エルラはガラスに映っているレオを見ながら訊いた。

「エルラ、やめないか」エイーナルが止めたが、エルラは真実を突きとめたかった。

「アンナの家に寄ったの？」もう一度訊いた。

「悪いが、何を訊かれているのかわからない」

「アンナよ、わたしたちの娘のことを訊いているの。近くに住んでいるって言ったでしょう。ここから二十分ほど行った先よ。ここに来る途中で前を通ったでしょう？」

問い詰めるあいだに、娘に何かあったのかもしれないという恐怖がこみ上げてきた。このよそ者に何か恐ろしいことをされたのではないかと……。

「いや、言ったように、わたしはここにまっすぐ来ました。ほかに家なんかなかった」

やはり嘘をついている。名前も身元も狩りの話もすべて嘘だ。この男は何か悪意を持ってこの家にやって来たのだ。

「嘘つかないで。あなたがどっちの方角から来たか知ってるのよ。足跡を見たんだから。あなたはアンナの家の前を通ってきた。もし本当に助けを求めていたのなら、そっちに先に行ってたはずよ」

「いや……ほかの家を見た覚えはないが、疲れていて気づかなかったのかもしれない」

「娘の家のドアも叩《たた》いてみたの？」

「いや、まっすぐここに来ました。きっと……足跡を見間違えたんでしょう」レオが窓に目を向ける。「外に出て確認してみませんか。わたしは嘘は言ってませんから」

「エルラ、彼は嘘なんか言ってないさ」エイーナルは言った。だがエルラはその声から、夫の心にも疑いが芽生えているのがわかった。「ラジオを点けないか。友人や家族のクリスマス・メッセージを聞き逃したくないだろう」

エルラは夫の提案を無視して話を戻した。「いまさら外に出たって遅すぎるのよ。あなたもわかって言ってるんでしょう。足跡なんてもう雪の下に埋もれてる。でもね、ここに来る道は一本しかなくて、アンナの家の前を必ず通るのよ。それに、わたしは知ってる……」

明かりが消えた。

10

　フルダは底冷えのする街角に立って、少女合唱団が風に吹かれながらクリスマスの歌をうたうのを聞いていた。街はどこもクリスマス一色だった。少女たちはみんなフルダと同じように厚着をして、憂鬱な天気に負けまいと声を張りあげていた。フルダはディンマへのプレゼントが入った袋をふたつ手に下げていた。本とレコードだ。夜の十時を過ぎたので、どの店もまもなく閉店するだろう。

　今夜はヨンとディンマと三人で食事に出かけて、そのあとクリスマス気分に沸く街を散策して楽しむつもりだった。だが、なにひとつ実現しなかった。ディンマは断固として外出を拒み、また部屋に鍵をかけた。フルダはヨンと部屋の前に立って説得を試み、あげくの果てに怒鳴りつけることまでしたが、どうにもならなかった。

「きみは行ってこい、フルダ」ヨンはそう言って匙《さじ》を投げた。「少しゆっくりして、楽しんでくるといい。ぼくはディンマと残る。あの子へのプレゼントを何か見繕ってきてくれないか」

フルダは気が進まなかったが、結局はその提案を受け入れた。そして街に出るのはディンマにプレゼントを買うためだと自分を納得させた。できることを精一杯すればいい。こんなことがずっと続くはずがない。明日になればディンマの気持ちもきっと晴れる。以前のように明るい気立てのいい娘に戻っているに決まっている。

フルダはレイキャヴィークの目抜き通りロイガヴェーグルを歩いていたが、とてもクリスマスのにぎわいを楽しめる気分ではなかった。人混みと憂鬱な天気がフルダの神経を逆なでした。

いま三人に必要なのはここを離れることかもしれない。思い切って外国に行ってみてはどうだろう。どこか暖かくて太陽が降りそそぐところへ。年が明けたら海外で休暇を過ごす余裕があるか、ヨンと話し合ってみよう。フルダの知る限り、ヨンの仕事は順調そうだ。環境を変えれば気分も変わって、ディンマを救い出せるかもしれない。ふたりとも少し仕事を減らして、娘にもっと時間を割くべきなのだ。

仕事にのめりこみすぎだという自覚はある。わかっていながら気がつくとまた行方不明のウンヌルのことを考えていた。まだ事件は終わっていない。救える可能性はまだあるかもしれない。だが、きっともう手遅れだ。フルダは自分の捜査が不充分だったのではないかという疑念を拭えなかった。セールフォス署の警部は、ウンヌルが変質者の車に乗ってしまったために襲われて殺されたのではないかと言っていた。彼の言うとおりなら、ウンヌルを殺害した犯人は野放しになっているということだ。

フルダは冷えた空気を吸いこみ、ゆっくり吐き出すと踵《きびす》を返した。

いまは家に帰って、ディンマの心を開くのが先だ。あんな生活から抜けだせるよう手を貸してやらなくては。

11

アンナ。

エルラは真っ暗な寝室のベッドに横たわって娘に思いを馳《は》せた。予報どおりの天候なら明日はここまで来られないだろう。まだまんじりともできないエルラの隣りでエイーナルはもういびきをかいている。

あんな男が同じ屋根の下にいるというのにどうして眠れるんだろう。

レオはエルラの聖域を侵した。しかもクリスマスに。さらに停電でエルラの追及を逃れた。家じゅうが暗闇に陥ると会話を続けるどころではなくなった。レオはひどく動揺していた。声でわかった。一方のエルラとエイーナルはすぐさま慣れた手順で対処した。どこにロウソクがあって、居間に小さな明かりを取り戻せるかを知っていた。

だが結局、三人とも早めに寝室に引きあげることになった。エイーナルが寝入ると、エルラはベッドをそっと出て寝室のドアに鍵をかけた。そんなことは何年もしたことがなかったが、幸い鍵は鍵穴に入れっぱなしになっていた。カーテンを閉めているので外は見えなかったが、雪が積もっていくのが気配でわかった。

　寝室に引きあげてくるとエルラはすぐにナイトテーブルにロウソクを灯した。そしてエルラが古いアガサ・クリスティの本を手にとると、エイーナルは背中を向けて眠りに落ちた。前に読んだことがある本なので、ただ字面を追っているようなものだった。やがてかすかな音とともにロウソクが燃え尽きると、あたりは闇に包まれた。もう電気は来ているだろうか。

　いや、クリスマスが終わるまでこのまま過ごすことになるだろう。前にもあったことだ。だが、停電はどうでもよかった。いま重要なのは、あの男をこの家から、ふたりの生活から追い払うことだ。

　闇に風の音が響き、窓枠から冷たいすきま風が入ってくる。慣れていなければ目が覚めるほどの音だが、この神に見捨てられたような地で暮らしていればそれも平気になる。エルラは家のなかの音に耳をそばだてた。レオのいる部屋から薄い壁越しに何か聞こえてこないかと思ったが物音ひとつしなかった。

　それでもエルラは息を殺して、わずかな音も聞き逃さないようにした。仰向《あおむ》けになって目を大きく開け、真っ暗な天井を見つめた。

　つらいときはこんなふうにして、夜更けや、ときには朝方まで考えることがある。レイキャヴィークに引っ越せば、もっといい暮らしができるんじゃないかとか。エイーナルがくだらない意地を捨てて農場を売り、先祖の呪縛から解放されてくれないかと か。ごくたまにだが、もしエイーナルと出会っていなければもっといい人生を送っていたんじゃないかと考えることもある。だが、その答えは複雑だ。エイーナルと出会っていなければ、アンナは生まれていなかったのだから。こんなことを考えても気がめいるだけなのに、自分の心にとらわれているかのように考えるのをやめられなかった。

ナイトテーブルの引き出しにもう一本ロウソクが入っていた。手を伸ばしてマッチを捜した。このままではいられない。明かりが要る。体を起こしても、エイーナルはのんきによく眠っていた。マッチをすってロウソクに火を点け、耳を澄ませた。眠るわけにはいかない。このままずっと起きていようと決めた。

それでも疲れは感じていた。いまは目が覚めていても、いつうとうと眠ってしまうかわからない。眠気覚ましにレイキャヴィークの親戚たちのことを考えた。最近はほとんど連絡をとっていない。実際、エルラがこの結婚に縛られているのは帰るところがないという単純な理由からだ。この家を出てレイキャヴィークに戻っても、どうしたらいいかわからない。何があってもここにいるしかなかった。

堂々巡りの思考から抜けだすと、目を閉じて家のなかの音に耳を澄ませた。ブーンという低い音に目覚まし時計のリズミカルな音。静寂のなかで聞くと驚くほど大きな音だ。それがさらに大きくなり、風の咆哮《ほうこう》と合わさって耳のなかに焼け付くような痛みを感じた。エルラは目を見開いて、音を振りはらった。

そのとき何かが聞こえた。

今度は現実の音だ。

聞き違いではない。誰かが家のなかを歩いている。

考えられるのはひとりしかいない。ドアが蝶番《ちょうつがい》を鳴らしながら開く音、床板がきしむ音。古い家で足音を忍ばせて歩きまわるのは不可能なのに、レオはそれをしようとしている。だがもしエルラもエイーナルのように熟睡していたら、気づけなかっただろう。

いったいどこに行くつもり？

またドアが開く音がした。別のドアだ。気にしすぎだと自分に言いきかせる。たぶんトイレに行くのだろう。だが音は屋根裏のほうから聞こえた。どうして屋根裏に？　一瞬、背後から忍び寄って驚かせてやろうかと考えた。この家のことなら知り尽くしている。音を聞けばどこのなんの音か聞き分けられるし、明かりがなくても歩きまわれる。だが、闇のなかであの男と相対するような危険は冒したくなかった。

エイーナルを起こすのもためらわれた。夫がどう思うかわからないし、起こしたときに声や音を立てるかもしれない。それを聞きつけたらレオは部屋に戻ってしまうだろう。

ベッドから出たエルラはそっとドアに近づいて耳を澄ませた。そして音を立てないようにドアノブをまわし、鍵がかかっているかを確かめた。大丈夫、かかっている。ここにいれば安全だ。

音がしなくなった。しかし、まだ部屋には戻っていないはずだ。エルラは寒さに震えながらドアのそばに立って耳をそばだてた。ロウソクの明かりが揺れて、壁で影が踊っている。ベッドを見ると、エイーナルは相変わらずのんきに眠っている。

音がした。エルラはドアに耳を押しつけた。きしむ音が連続して聞こえる。屋根裏から階段を下りてくる音だ。やっぱりそうだった。足音が近づいてくると心臓が縮みあがった。レオがどのくらい家のなかを嗅ぎまわっていたのかは知らないが、エルラにはこれで充分だった。また足を忍ばせてベッドに戻った。そのあいだも物音は続いた。ドアの蝶番がきしむ音、床を歩く音。エルラはエイーナルを突《つつ》いた。

「エイーナル、エイーナル」耳元にささやきつづける。「起きてちょうだい。います ぐ、起きて！」

やっと目を開けた。

「レオよ。足音がしてる、エイーナル。レオの足音よ」

エイーナルは困惑した顔で目をこすった。

「起きて。静かにね」

エイーナルは掛け布団を押しのけるとベッドから起きあがった。「どうしたんだ？　どうして起こすんだ」低い声で訊いてくる。

「レオにやめるように言って。家のなかを歩きまわってるのよ。こんな夜なかに」

エイーナルがドアを開けようとドアノブをつかんだ。「鍵がかかってる。なぜ鍵がかかってるんだ」

「わたしがかけたのよ。知らない人を泊めてるんだから」エルラは夫のそばに行って、そっと鍵をまわした。エイーナルが廊下をのぞき込み、エルラもその肩越しに目を凝らした。目に映るものは何もなく、闇が広がっているだけだ。

「ロウソクを取ってくれ」エイーナルがナイトテーブルを指す。

エルラがロウソクを渡すと、エイーナルはもう一度ドアの外をのぞき、廊下に出ていった。エルラは寝室で気をもみながら待った。

エイーナルはすぐに戻ってきた。「誰もいない。夢でも見たんだろう。あいつは疲れてぐっすり眠ってるさ」

エルラは無言で首を振った。

「さあ、おれたちも寝よう。こんな時間に起きていたくない」エイーナルはドアを閉めたが、鍵はかけなかった。

エルラは鍵をかけてベッドに戻り、横になると夫に背を向けた。目は見開いたまま。

12

「明日はお義母《かあ》さんが来るんだろ」ヨンが本から目を上げずに訊いた。ココアの甘い香りが漂っていた。

ヨンがミルクを温めてココアを作ってくれた。だが三つあるマグカップのひとつはソファーテーブルの上に手つかずで置かれている。

フルダは毎年恒例の豆電球のもつれをほどく作業に没頭していて、短く「ええ」とだけ答えた。今年だけは母親をもてなす義理から解放されて、ヨンとディンマと三人でクリスマスを過ごしたかった。ディンマがこれほど扱いにくい状況で、母を迎えるのはいつにも増して気が重かった。

「準備はできてるんだろう」ようやく本から顔を上げた。

「ええ、ディンマ以外はね」

「もうその話はやめにしないか。放っておけば自分でなんとかするさ。プレゼントを開ける時間になったら、機嫌を直すよ」ヨンはそう言ってフルダに微笑んでみせたが、その笑顔も軽い口調もそらぞらしかった。

ラジオでは友人や家族に宛《あ》てたクリスマスのメッセージが読みあげられている。クリスマスは平和と調和を願うときだとあらためて気づかされるが、フルダの心に渦巻く感情はその精神とは到底相容《あい い》れないものだった。不安も怒りもあった。さらに言うなら、何か悪いことが起こるのではないかと恐れていた。

「二十五日は仕事なんだろう。きみくらいになったら、クリスマスのシフトくらい融通をきかせてもらえるんじゃないのかい」

「わたしにはどうしようもない。順番で決まるのよ。何か問題でも？」

「いや、いいんだ。きみが帰るまでディンマと本でも読んでいるよ。パズルでもいい。屋根裏に古いジグソーパズルがあったんじゃないか」

「ええ、あるけど」

「だったら、ふたりでのんびり過ごすとしよう。昔、ディンマが生まれる前のきみとぼくのように。覚えているかい。クリスマスやイースターにはソファーで寄り添って何日も本を読んで過ごしていたじゃないか。誰にも邪魔されずに」

「ええ、あなたがあくせく働きだす前はね」

ヨンが微笑む。フルダはその笑顔を知っている。面倒な話を避けるときのヨンの得意技だ。そしていつもその手に引っかかる。出会ったときからずっと。

「わたしが仕事に出ているあいだ、あの子の面倒をちゃんと見てやってね」フルダは訴えかけるように言った。

「二十五日かい？　もちろんだよ」

「約束よ」フルダは念を押した。

13

ふと目が覚めた。エルラは目覚まし時計に手を伸ばし、薄暗がりのなかで時計の針を見つめた。朝の七時を過ぎている。起きているつもりが寝てしまったようだ。昨夜のことが悪い夢のように思えた。気のせいだったんだろうか……すべてではないにしても。急に確信がもてなくなり、不安になった。

隣りを見るとエイーナルはいなかった。電灯のスイッチを入れてみたが、停電はまだ続いていた。あたりが暗いのはいまの時期なら普通のことだ。夜と区別がつかないが、時計は嘘をつかない。一瞬刺すような恐怖がエルラを襲った。エイーナルに何かあったんじゃ？　目を閉じて耳を澄ませたが、家のなかはしんとしていた。静かすぎない？　動悸が激しくなり、頭の血管が脈打ち、次の瞬間にはベッドを出てパジャマのまま部屋を飛びだしていた。

廊下に出ると、ほのかな光が居間のほうから見えていた。光に向かっていくと、ロウソクを灯した居間でエイーナルとレオが座っていた。

コーヒーの香りが漂っている。エルラはツリーとその下の色とりどりの紙包みに目を留めた。今日はクリスマスイブだ。

「やあ、起きたのか。ポットに熱いコーヒーがある。ガスだけでも使えてよかったよ」エイーナルが言った。

エルラは立ちすくみ、言葉を失った。男たちの視線が重くのしかかってくる。数秒が数分に思えた。

口を開いても言葉が出てこなかった。

「おまえも一緒にどうだ」エイーナルが訊く。

「アンナは？　まだ来てないの？」やっとかすれた声が出た。

「道が通れないんじゃ？」レオはエルラの目を避けてつぶやいた。

「歩いて来られる」エルラは鋭く返した。「天気はどう？」

窓を見やったが、見えたのはガラスに映るロウソクの炎だけだった。

「まあ、座ったらどうだ。おまえを起こしたくなかったんだよ」

エルラは夫に従わず、玄関に向かった。

「夜中にずいぶん不安そうにしていただろう」エイーナルが後ろから呼びかける。

「もう少し寝かせておいたほうがいいと思ったんだ。停電でまいっているようだったし」

「停電なんか慣れてる」玄関から言い返すと、ドアを開けた。闇と風が待ち受けていた。エルラは厚い靴下しか履いていない足を踏みだした。新雪に足が沈みこむ。雪が顔を叩く。あわてて足を引き抜いた。肉も骨も食いちぎられそうな冷たさだった。なんてばかなことをやってるの。靴も履かずに雪のなかに出ていくだなんて。なかに戻ってドアを閉めた。

「いったい何を考えてるんだ、エルラ」エイーナルが後ろから肩をつかんだ。

エルラは驚いたあまりバランスを失いそうになった。

「大丈夫か」心配そうに尋ねる。

また頭の血管がズキズキと脈打っている。エルラはこめかみを押した。起きてからずっといらいらしている。いいかげん落ち着こう。無事に夜を乗りきったし、レオはもうすぐ出ていくのだから。そう考えると楽になった。

振りかえって明るく答えた。「ええ、大丈夫。ちょっと天気を見に外に出ただけよ。うっかり雪に足を踏み入れてしまったの。ずいぶん積もったものね」

「ひと晩じゅう降っていたからな。さあ戻って、コーヒーを飲むといい」

エルラはエイーナルのあとに付いて居間に戻り、ひじ掛け椅子に座った。エイーナルがコーヒーを取りにいっているあいだエルラはひと言も口をきかず、レオと視線を合わせなかった。濡《ぬ》れた靴下が気持ち悪かった。レオはテーブルを挟んで向かい側のソファーに座り、コーヒーカップをときおり口に運んでいた。

エイーナルが戻って隣りの椅子に座ると、ようやくエルラは声を出す気になった。

「まだ電気は点かないの？」

点かないことは知っていたが、何か言わなければならないような気がした。答えがわかっていることは安心して訊ける。

「クリスマスが終わるまでは駄目だろうな」エイーナルは言った。

「こういうことにも慣れっこですか」レオが笑顔で尋ねる。

居間にはロウソクが五本灯っている。テーブルの上に三本、サイドボードの上に二本。見慣れた部屋が小刻みに揺れる影のせいで薄気味悪く見える。まだ悪い夢のなかにいるみたいだ。

「ええ、慣れるものよ」エルラは答え、とがった声で加えた。「でも、あなたは心配いらない。コーヒーを飲み終わったらすぐに出発するんだから。主人ともうルートは検討した？」

答える代わりにレオはエイーナルに視線を送った。気まずい沈黙が流れ、まるで男ふたりが同盟を結び、エルラはのけ者にされた気がした。

エイーナルは咳払《せきばら》いをすると、「レオは今日はここにいる」と言った。

「ここにいるって、どういうこと？」

「その目で見ただろう。雪が深すぎる。外は嵐だ。こんなときに帰ってもらうわけにはいかない。気の毒じゃないか」いったいエイーナルは誰のことを言っているのだろう。目の前に座っている男のことではないはずだ。

「帰ってもらって！」抑えようとした声が悲鳴に変わる。「アンナがここに来られるんなら、この人だって出ていける。少し道のりが長いだけよ」

「ご主人が言うには、かなり長い――」

「それから、あなた、どうして先にアンナの家に立ち寄ったことを言わないのよ」レオの話を遮る。「娘に会ったの？　どうなの？　娘に会ったの？」

「ここまで誰にも会っていません。誓って本当です」レオはきっぱりと言ったが、どこか不自然だ。

「ベッドに戻ったらどうだ」エイーナルが穏やかに勧めた。「おまえは疲れているんだよ。レオはここで一緒にクリスマスを過ごす。その話は終わりだ。こんな天気のときに放り出すわけにはいかないだろう」

エルラは声にならない声をあげた。四方から壁が迫ってきて、ひとりで取り残された気分だった。アンナのことが心配でたまらない。いつの間にか呼吸が速くなっていた。エイーナルになんとかこの恐怖を伝えようとしたが、あえぐばかりで言葉にならなかった。

レオが立ちあがった。「部屋に戻ります。ご迷惑をおかけして本当に申し訳ない。親切にしていただいて心から感謝しています――それだけはわかってください」

エイーナルは無言でうなずいた。

レオが部屋を出ていってようやくエルラは声を出せるようになった。「エイーナル……」必死で言葉を探す。「エイーナル、彼はわたしたちに嘘をついてる」

「世のなか、そんなに悪い人間ばかりじゃない、エルラ」

「じゃあ、なぜニュースで彼のことを言わないのよ」

「言ってたかもしれないだろう。停電してからはラジオを聞いてないいんだから。いまだって捜索隊が捜しているかもしれない」

「捜索隊なんて出てるもんですか。それにあの足跡……彼はね、ちゃんと道をたどってここまで来たのよ、アンナの家の前を通ってね。なのに、偶然この家を見つけたなんて嘘をついているのよ。それに……それに……」

またこめかみが締めつけられる。頭が割れそうな頭痛の前兆だ。

「昨夜は家のなかを嗅ぎまわっていた。昼間もよ、わたしたちが見ていない隙にね。この家の何かを狙ってるのよ、エイーナル。わたし、見たの。彼が昨日わたしたちの寝室に入っていたのを。昨夜だって、たぶん屋根裏に行ってたんだと思う。わからないけど、とにかくエイーナル、あいつは……あいつは……」

「さあ、ベッドに戻って。少し休んだほうがいい」エイーナルはなだめるように言った。

14

フルダはもう一度ドアをノックした。長く、強く。

「どうしてこんな態度をとるの、ディンマ」フルダは叫んだ。こらえた涙で喉が締めつけられる。

なかから何か返事らしい声がするが、言葉は聞きとれない。今朝は部屋を出てきて朝食を食べたが、親に〝おはよう〟のひと言もなかった。

そのときに一緒にプレゼントを包まないかと誘ってみた。それか、あとで一緒に車でプレゼントを届けてまわらないかと。だが、ディンマは何を言っても首を振るだけだった。今日がクリスマスイブでも関係ないのだろう。自分の小さな世界に引きこもり、外の世界のことはどうでもいいようだった。

フルダはクリスマスが来ればきっと何もかもうまくいくと思っていたが、どう見ても自分たちの家は祝日の華やいだ雰囲気とはかけ離れていた。いまごろになってようやく思い知った。これ以上傍観していてはいけない。介入すべきなのだ。

これまでは娘が専門家の助けを必要としているなどとても認める気になれなかった。だが、もうどうしたらいいかわからなかった。しかも夫はまるで役に立たない。フルダは無駄と知りながら娘の部屋のドアを叩きつづけた。怒りの矛先は誰よりももっと早く行動に出なかった自分に向けられていた。娘はすぐに元気を取りもどすと信じていた。だが、その望みはないとようやく気づいた。

「出てきなさい、ディンマ。いますぐ！　出てこないなら……ドアをたたき壊すからね。本気よ」

ヨンが肩をつかむ。「落ちつけ、フルダ。そのうち自分で乗り越える——」

「乗り越えられない！」フルダは夫に食ってかかった。「ちっともよくならないじゃない。わたしなりに何度も働きかけてみたけど、あの子はまったく変わらない。こんなのおかしいでしょ」

「さあ、頼むから、リビングに戻ろう。落ち着いてくれ」

「落ち着いてなんかいられない。あの子を、あの子を……医者に連れていかなくちゃ」それ以上声が続かなかった。気がつくと堰《せき》を切ったように泣いていた。

ヨンはフルダを優しく抱き寄せると、ドアから引き離して、リビングルームに導いた。フルダは初めは抗ったものの、結局は折れた。身も心も打ち砕かれた気分だった。

「ヨン、診察の予約をとってよ……カウンセラーか精神科医か……何か手を打たなくちゃ」泣きながら訴えた。

「それはちょっと極端じゃないかな。そんなに大げさに騒ぎ立てなくても」ヨンはなだめるように言った。

「大げさ？　あなたの目は節穴なの？　それとも見ないようにしているだけ？　きっと何か深刻な問題があるはずよ。もっと早く気づくべきだった。たぶん学校で何かあったのよ。だって、友だちはみんなどうしたのよ。もう友だちなんかひとりもいないみたいじゃない」

「とにかくクリスマスが終わるまで様子を見よう。ディンマが機嫌を直して、何もかも元どおりになってほしいのはわかるけど、そうはならないことを受け入れないと。さあ深呼吸して、あの子のしたいようにさせてやろう。部屋に鍵をかけるのだって、きっとひとりになりたいだけだ。ぼくたちに何がわかるって言うんだい」

「それを言ってるのよ、わたしは！　あの子の心に何が起きているのか、わたしたち何もわかってないのよ。だから専門家の助けが必要なんじゃない。わたしはね、いま電話したいの、いますぐ！」

「今日はクリスマスイブだ。どこも休みだ。電話をかけても無駄だ。もう考えるな、フルダ。だが約束する。クリスマスが終わってもあの調子なら、年が明ける前に誰かに相談しよう。いいね？」

フルダは嗚咽《おえつ》をこらえて胸を波打たせながらヨンの提案を考えてみる。待つべきだとは思わないが、ヨンの言い分には一理ある。祝日に医者やカウンセラーに電話したところで、緊急事態でない限り対応してくれないだろう。確かに騒ぎすぎかもしれない。

「わかった」いまはそれしか言えなかった。

最悪なのは、明日、二十五日は仕事に出なくてはならないことだ。クリスマスにシフトがまわってくるなんて運が悪いにもほどがある。ヨンが言ったことはある意味正しかった。フルダほど長く勤めていれば、クリスマスの勤務を断るくらいはできたのだ。断る勇気がなかったというのが本当のところだ。警察官になってからずっと男性優位主義と闘ってきた。求められている以上の働きをするのが当たり前になっていた。けれど、いまはそのことを後悔しはじめている。

そうだ、こんなシフトを受け入れる必要がどこにある？　誰か代わりを探してもらえばいい。フルダは急いで玄関ホールに行って、受話器をつかみ、今日出勤している同僚に電話をかけた。

「もしもし、フルダだけど……」言いかけて、ばかなことをやっていると気がついた。今日、犯罪捜査部で唯一勤務に就いているこの同僚に、フルダを明日のシフトからはずす権限はなかった。

「やあ、フルダ、何か問題でも？」

「えっ、ああ、いいえ、違うの……今日出てきているのはあなただけ？」

「そりゃそうだよ。クリスマスイブにこんなところに気晴らしに来るやつなんているもんか。まったく、運が悪いよ。ま、このまま何も起きなきゃ、今夜は早めに帰れるだろうがね」

「あの……駄目元で訊くけど、明日のシフトを代わってもらえない？」

短い沈黙のあと、同僚は電話の向こうで吹きだした。「何を言いだすかと思ったら一本取られたよ、フルダ！　返事はノーだ。無理だよ」

「あなたじゃなくても……誰かいないかしら……実はちょっと家で問題があって」フルダは声の震えを必死で抑えながら食い下がった。

「前日にそんなことを言われて代わってくれるやつなんていないよ。明日は出勤するしかないんじゃないか。家の問題はなんとかしてさ」

「ええ、そうよね」

「そうだ思い出した。今朝出てきたら、きみあての伝言があった。交換台の誰かが書き留めたものだ」

「伝言？」

「きみから電話が欲しいそうだ。番号は確か六、五、六……あとは思い出せないな。

ちょっと待ってくれ」

電話を切りたかった。仕事の話をするつもりなんかなかったのに。しかたなく待っていると同僚は伝言のメモを見つけたが、電話番号しか書かれていないという。

「ちょっと調べてみてくれる？　誰の番号か覚えがないの」

「ああ、いいよ。暇だしね。ちょっと待ってくれ」しばらくして再び声が聞こえた。「ガルザバイルの番号だった。コルブルンとヘイクル――」

「ああわかった、あの夫婦ね……」いったいなんの用だろう。「電話があったのはいつ？」

「それは書かれてない。昨日の夜か、今朝じゃないか。昨日は何時に署を出た？」

「午後だけど……ありがとう、電話してみる」

失踪した若い娘の親からだった。ここのところフルダを悩ませている例の事件だ。おそらく捜査の進捗状況が知りたいのだろう。クリスマス休暇で世のなかの活動がすべて停止してしまう前に。

フルダはすぐに電話をかけることも考えたが、その気になれなかった。いまはディンマのことで頭がいっぱいだ。明日職場からかけよう。どうせ出勤するしかないのだから。

15

夫の勧めでベッドに戻ったエルラが再び目覚めたとき、最初に頭に浮かんだのは心からの祈りだった。どうか今朝の出来事はすべて夢でありますように。レオは出ていき、アンナがやって来て、いつもどおりクリスマスのお祝いを始められますように。

エルラは頭のなかで夕方までにすませておく家事をあげた。晩餐に出すハンギキョートをゆでる。家じゅうくまなく掃除して、ちりひとつ落ちていないことを確認する。午後六時になればクリスマスが始まる。いつの間にか頬が緩んでいた。だが停電のことを思い出したとたんに笑みは消えた。今年はクリスマス・キャロルが聴けない。電池式のトランジスタラジオはあるにはあるが、何年も前から故障している。修理に出さなかったのは、次に停電になったときはニュースを聞かずにすむとエイーナルが言ったからだ。「どうせそんなときは気がめいるようなことしか言わない。ラジオなんてない方がいいのさ」と。

そのとき居間からレオの声が聞こえ、エルラは白日夢から現実に引き戻された。

「夢じゃなかった」エルラはつぶやき、目覚まし時計を見た。もう昼だった。こんな時間まで寝ていたことなどあっただろうか。遅くまで起きていたからにちがいない。アンナがもう来ているはずだ。いつも昼食までにはやって来る。そう考えるとまた笑みがもれた。アンナが一緒なら、レオがいてもなんとか乗りきれるだろう。

エルラはベッドを出て着替えると、居間に向かった。エイーナルとレオが座っている。今朝とまったく同じだ。ただロウソクは消されていて、淡い光が窓から射《さ》しこんでいる。この程度の光でもロウソクを節約して陽《ひ》の光を最大限に活用するのは、三時間もすればまた闇が迫ってくるからだ。雪はやんでいた。よかった。これならレオを追い払えるかもしれない。

「アンナはどこ」エルラは訊いた。

沈黙が返ってきた。レオはエルラの視線を避けるように下を向いている。

「なぜいないの。もう昼食の時間よ、エイーナル。もう来ているはずでしょ」

エイーナルは立ちあがった。「大丈夫だ、エルラ。さあ、こっちへ来て座れ。コーヒーを持ってくるから」

エイーナルはキッチンからカップを手に戻ってくると、テーブルに置いてコーヒーを注いだ。もう一度朝が繰りかえされ、悪夢の連鎖に陥ったような錯覚を覚えた。

「ちっとも大丈夫じゃない、エイーナル。今日はクリスマスイブよ。あの子がこんなに遅くなったことないでしょう。なんでもないことのように振る舞うのはやめて！」思わずエイーナルを突きとばした。「あなた、いったいどうしたのよ。どうしてこんなふうになっちゃったの」言っている途中で怒りをぶつける相手を間違っていることに気づいた。ここにいる味方はたったひとり、夫だけだ。向きを変え、今度はレオに食ってかかった。

「レオ！　いいかげん嘘をつくのはやめるのね」エルラは詰め寄った。レオは本気でおびえているようだった。いい気味だ。

「嘘って……わたしは嘘なんかついていない」

エルラはソファーのレオの横の狭いスペースに腰を下ろした。何がなんでも真実を聞きだしてやる。

「偶然、うちを見つけたって言ったけど」

「ええ、ありがたいことに……おかげで命拾いしました」つかえながら答えた。

緊張している。間違いない。

「あなたは嘘をついてる。わたしはあなたの足跡をこの目で見た。あなたは道なりにここまでやって来た。あなたもそう言った――雪のなかに誘導ポールが突き出ていて、それをたどって来たってね」エルラは自分の勇ましい声に驚いた。ここまで勇気を出せたのだ。もう後戻りはできない。だが、みぞおちのあたりに言い知れない恐怖が渦巻いていた。娘が心配だった。この男はアンナに何かひどいことをしたのかもしれない。

　レオは黙っている。

「昨日、そう言ったでしょ」

「ええ、確かに。ポールはいくつか見かけた。それは本当だが……」

「そしてポールに導かれてここまでやって来た。でもね、だったら先にアンナの家の前を通るのよ。あの道は村から始まってるの。そしてあなたも村から来たんでしょう。お友だちと一緒に狩りをしていたんですものね。ふたりだか、三人だか、今日は何人になっているか知らないけど」娘の命のために戦っているのだという思いがエルラを強くした。いいかげんにして！　アンナはとっくに来ているはずなのよ！

「ええ、そうです。友人とライチョウを撃ちにきた」レオは引かなかった。

「あんた、銃はどうしたんだ？」鋼《はがね》のような冷たい声で静かにそう問いかけたのはエイーナルだった。

　やっと、やっとだ。エイーナルが事情を飲みこみはじめた。何かおかしいと気づいたのだ。

「銃？　銃なら捨てました。はぐれたあと、どんどん疲れてきて、よけいな荷物を捨てて身軽になりたかった」

エルラはこんな愚にもつかない言い訳の扱いは夫に任せることにした。

だがエイーナルは黙っている。狭い部屋に緊張をはらんだ静けさが漂った。それでなくても停電のせいで部屋は異様な雰囲気に包まれている。ぼんやりと明るい闇はエルラがいつも不吉に感じる時間帯を連想させた。そう、幽霊がいつの間にか人間の姿を借りて暗がりから現れる時間だ。

体が震えた。寒さのせいではない。こんな男さえ現れなければという切なる願いのせいだ。エイーナルとのあいだに保っている危うい均衡を乱さないでほしかった。確かにここにいて幸せとは言えない——言い切れない。自分に嘘はつけない。それでも、不幸と折り合いを付けている自分をそっとしておいてほしかった。

ドアが開く音がしないかと耳を澄ませた。娘が部屋に入ってくるのが待ち遠しかった。歩いてきたせいで髪には雪がこびりつき、顔は遅れたことへの申し訳なさでいっぱいになっているだろう。アンナが来たら、レオを問い詰める必要はなくなる。ひょっとしたらレオは本当のことを言っているかもしれないからだ。だが、いまはまだレオがアンナに何かよからぬことをして、それを隠すために嘘をついている可能性があることを忘れてはならない。

「つまり銃はどこかに置いてきたんだな」エイーナルがようやく聞き返した。声は落ち着いている。

レオはうなずいた。目が泳いでいる。ゲームが終わり、負けを悟ったようだ。もはや自分は歓迎されていないことを。

「はい」しばらくためらった後に答えた。

「それはまた妙なことをしたもんだな。銃ってのは高価なおもちゃだ。かなり値が張っただろう。それをゴミみたいにどこかに捨ててきたなんて話は聞いたことがない。どこに置いてきたか見当はつくのかい。目印は付けてきたのか」

「いいえ。目印にできるものがなかったので」

「金には困ってないってことだな」

「いや、もちろん、金のことを考えたら腹が立ちますが、あのときはそれどころじゃなかった。雪のなかでのたれ死ぬかと思うと怖くて」

「それから道を見つけて歩いてきたんだったな。うちに来る途中で、家があったのに気づかなかったか」

長い間があいた。

「ここ以外にですか」

「そうだ、家内が何度も訊いただろう」

「ええ……」

「あんたはここしか見ていないと言ったが、もう一軒あるんだよ。そこもうちが持っている家で、そう離れちゃいない。村からここに来る道は一本しかない。その家の前を通る道だ」エイーナルはたたみかけるように言った。

レオは黙っている。

「その道を通ってきたんだろう? ポールを頼りに」

「ええ……だと思います」

「それなのに、あんたはその家を見ていないと言う。あんたは最初からこの家を捜して来たのか」

沈黙が垂れこめる。緊張が増す。エイーナルは少し後ずさりして、レオとの距離を広げた。エルラもできるだけ身を引いて、こっちはふたりだということを明確にした。

「話を聞いてください」レオは守りに入った。「その家を見た可能性はあります。実は……遠くに建物が見えたんですが、明かりが消えていたので、そのまま通りすぎたんです。それがあなたがたが言ってるもう一軒の家だったかもしれない。ですが、その頃にはもうへとへとに疲れていたし、寒くてたまらなかった……だから探したんです、人が住んでいそうな明かりが点いている家――」

「そこが娘の家よ」エルラは遮った。「そして、あなたがドアを叩いていたら、あの子は助けるのを拒むわけがない。わたしが何を考えているか言ってあげましょうか」声を張りあげる。「あなたはあの家に行き、娘はなかに入れた。そしてあなたは娘に

……何かしたんでしょう。それがわたしの考えていることよ。こんな時間になっても
あの子はまだここに現れない……本当のことを言って、レオ。いいかげんに本当のこ
とを言いなさい！」
「エルラ……」エイーナルが割って入る。「エルラ、かわいそうに……」
「誓って言うが、娘さんには会っていない。ドアも叩いていない。あの家はまるで
……とにかく明かりは見えなかった。自分があのとき何を考えていたのかなんてわか
らない。あんな状況では、まともに考えることなんてできなかった」
エイーナルは突然レオに詰め寄り、声を荒らげた。「あんた、うちになんの用があ
って来たんだ」
「なんの用って……あなたたちにですか？　何もありませんよ。わたしはただ避難場
所を求めてきただけです。何もかもとんでもない勘違いだ」
「アンナに何をしたの？」エルラは叫ぶ。涙が頬を流れている。「あの子に何をした
のよ」
「娘さんには会っていません、本当です」
「家内に聞いたが、昨日、わたしたちの寝室を嗅ぎまわっていたそうじゃないか」エ
イーナルが容赦なく問い詰める。
「まさか、違います。どうして奥さんがそんなふうに思ったのかわからない」レオは

見るからに動揺していた。

「この目で見たのよ。家に戻ってきたときにね。間違いない」エルラはきっぱりと言った。

「廊下にいたわたしを見たんでしょう。あなたの勝手な想像だ」レオが反論する。

「互いの言い分を整理していこうじゃないか」エイーナルは落ち着いていたが、声は鋭かった。「家内が勘違いしている可能性はあるが、説明してほしいことがある」

「何を説明するんですか」レオはため息まじりに抗議した。「嘘なんかついていないのに、なぜこんなに責められるのかわかりません。出ていってほしいなら、いますぐ出て行きます」

「慌てるな。誰もそんなことは言ってない。あんたに正直に話してほしいだけだ」

「だから正直に話しているじゃ――」

エルラは再び割り込んだ。「昨夜のことは？　何をこそこそ嗅ぎまわっていたのよ」問い詰めながらふと、あれは夢だったんじゃないかと疑問がよぎった。忍び足で歩きまわる音も、屋根裏のドアがきしむ音も、現実の音ではなかったのかもしれない。だがレオの頰の肉がかすかに引きつり、目がわずかに見開かれたのを見て、エルラは夢ではないと確信した。夫の顔を見ると、やはり有罪のあかしに気づいたようだった。

レオは黙って座っている。

「聞いたのよ、あなたが屋根裏に上がっていく音を」

「いったい――」

「どうしてそんなことがわかるのかって？　この家を知っているからよ」

「説明してくれないか、レオ」

「わたしは……」言いかけて、言葉に詰まる。嘘をつき続けるのか、真実を認めるのか考えているのだろう。「わかりました」レオは観念したように語りはじめた。「実際、昨夜わたしはお宅のなかを歩きまわっていました。眠れなかったんです。こんなふうに雪に閉ざされることに慣れていないからでしょう。息が詰まりそうになって外の空気を吸おうと思ったんです。ドアを開けて外に顔を突きだしてみましたが、よくわかっただけでした……ここがいかに孤立したところか」

「じゃあ屋根裏では何をしていたの？　嘘はけっこうよ、レオ。あなたが屋根裏のドアを開けた音を聞いたから」念のために付け足した。「主人もね」

「ああ、それは屋根裏のベッドを試しに行ったんです。上のほうが少しでも気分がましになるんじゃないかと思って……」

エイーナルはソファーに近づいてレオの肩に手を置いた。「それでましになったのか？　そのあとは部屋に戻ったのか」

レオは目を伏せた。「ええ、なんとか眠れました。あなたがたを起こしてしまったのなら申し訳ない」

「ちょっと来てくれないか」エィーナルは言った。言い方こそ丁寧だが、それは命令だった。手はまだレオの肩に置かれている。

「どこにですか」

「上だ」

「上……って屋根裏ですか」

「そうだ、一緒に来てくれ。無くなったものがないか確認したい」エィーナルは有無を言わさぬ勢いで言い、返事をしないレオに「確認されたら困るのか」と訊いた。

「いや、やましいことは何もない」

「よし、じゃあ行こう。先に行ってくれ」

レオは目に戸惑いを見せたが、黙ってエィーナルの先に立ってゆっくり階段を上がっていった。屋根裏部屋のドアの鍵がまわる音を聞いて、エルラは昨夜も聞いた音だと確信した。

「暗いな」エィーナルの声がする。「窓が雪で覆われちまったからな。ちょっと待っててくれ。ロウソクを取ってくる」

エルラは驚いて立ちあがった。ドアが閉まる音に続いて鍵をまわす音がしたからだ。一瞬時間が止まり、夫がレオを屋根裏に閉じ込めたのだとわかった。

レオの怒鳴り声がした。「くそっ、何をするんだ？」エルラのところまではっきり聞こえてきた。ドアノブを揺すり、ドアを叩きはじめる。だが、あのドアはそう簡単には壊れない。こうした古い家は造りがしっかりしていて、ドアもそれ相応に厚い板で頑丈にできている。「出してくれ！　頼むから、出してくれ！　こんなことをしてもいいと思ってるのか！　外に出せ！」レオはドアを叩きつづけた。

エイーナルは平然とした様子で下りてきた。

「心配するな、エルラ。あいつの持ち物を調べてみる。どうもおかしい。最初からおまえが正しかったのかもしれない」

エイーナルは屋根裏を振りかえって言った。「我慢しろ。すぐに戻る」

エルラはいま目の前で起きていることが信じられなかったが、ずっと訴えてきた疑惑を夫が真剣に受けとめはじめたようでほっとした。「何をするつもりなの」小声で問いかけながら夫の元へ駆け寄った。

「何か怪しい。あいつが本当のことを言ってるか確かめてみよう」

「でも……どうするのよ。あのまま閉じ込めておくつもり？　クリスマスのあいだずっと？」

「いや、そうじゃないさ」ドアを叩く音はいっこうにやまない。「いくらなんでもそんなことはできない。誤解かもしれないだろう。その場合はすぐに外に出してやる。

だが用心はする。おまえを危険にさらすわけにはいかないからな」

「だけど何をするつもりなのよ」

「あいつの持ち物を調べてみる。そうすりゃ嘘をついているかどうかすぐにわかる」

エイーナルは首を振ってあざ笑うように言った。「狩りに来たのに銃を持ってないなんて聞いたことあるか」

それで？　どうやらエイーナルは身近な銃の話でやっと気づいたらしい。この冬もかなりの数のライチョウを仕留めた腕利きのハンターとしては、銃を捨ててくるなんて考えられないことだったのだ。

銃……急にエルラは恐ろしくなった。「エイーナル」声を落として呼びかける。「あなたの銃よ！　あの男が探していたのはそれだったんじゃないの？　戸棚から盗まれたりしてない？」

エイーナルは眉をひそめた。「戸棚は施錠してあるし、鍵は肌身離さず持っていることは知ってるだろ」言いながらポケットを叩く。「だが念のために確かめてくる」

エイーナルは廊下の先に姿を消すと、すぐに戻ってきて首を振った。「戸棚にちゃんとあった。鍵をいじった形跡もない。さあ、荷物検査だ」

エルラは突っ立ったままエイーナルがレオの部屋に入っていくのを見ていた。気がつくとラム肉のことを考えていた。何時に火にかけはじめるか、付け合わせは何時に作りはじめるか、段取りを考えて気を紛らわせた。クリスマスの晩餐は一年で最も大切な食事だ。すべて滞りなく進むように時間を逆算しておかなければならない。いつもは軽く昼食もとるのだが、この騒ぎですっかり忘れていた。

エルラは目を閉じ、料理のことだけを考えた。そうしていればあるべき世界に戻れるような気がした。電灯が点《とも》り、雪のなかから突然現れた見知らぬ男もおらず、ラジオからクリスマス・キャロルが流れ、夜には見慣れた幽霊しか徘徊《はいかい》していないところへ。そしてアンナが昼食に現れる……。

アンナ？

とたんにエルラは白日夢から覚めた。娘の姿はまだなかった。

16

フルダの母親はヨーラオールが入ったグラスを片手にソファーでくつろいでいる。特に話をするでもなく、ときおりコーヒーテーブルに置かれたボウルからチョコレートをつまんで食べている。フルダはなるべくいつもと変わりがないように努めていた。ラジオでは、遠洋に出ている漁師に宛てた家族のクリスマス・メッセージが読みあげられている。

「今年のクリスマス休暇は長いんだってね」母親が出しぬけに言った。

「長いって?」

「誰かが昨日ラジオで言ってた。いつもなら二十六日で終わるけど、今年は二十七日が日曜日だから一日長くなるって」とってつけたように笑った。母はいつも疲れている。フルダが物心ついたときからそうだった。いつも働きづめで、家計のためにいくつも仕事を掛け持ちしていた。定年を迎えようとしているいまも、朝から晩まで清掃の仕事をしている。

フルダは自分の母親のようにはなるまいと何度も心に誓ってきた。ヨンと早く借金を返済し、退職したら余生を存分に楽しめるくらいの蓄えを準備しておこうと決めていた。

　ヨンの姿はここにはなかった。クリスマスまでに片付けておかなければならない急ぎの案件があると言って書斎に引きこもっている。自営でありながらこんなときまで仕事を選ぶ夫にいらだちを覚えるが、その仕事のおかげで何不自由なく暮らせているので文句は言えなかった。とはいえ、忙しいというのは義理の母と過ごすのを避ける口実ではないかと思うときもある。

　フルダはリビングルームで辛抱強く母親の相手をしたが、会話は弾まず、自分から話を振ることもなかった。

「クリスマス・キャロルは聴くんでしょ」

「ええお母さん、いつものように夕食のときにね」

「確かめておきたかったのよ。聴くと落ち着くし、クリスマス気分を味わえる」少し間をおくとまた訊いてきた。「今夜の献立はハンボルガラフリッグル？」

「ええお母さん、いつもと同じ」

「よかった。嬉しいね。わたしが育った頃とは違うけど、それでも嬉しい……ところでディンマはどこ？」

「あの子は部屋で休んでる。そういう年頃なのよ……」

「あらそう。かわいい孫娘にふたつもプレゼントを用意してきたのよ」声を潜める。

「わたしが編んだセーターと本なんだけど。気に入ってくれるかしらね」

フルダは義理でうなずいた。「もちろんよお母さん。気に入るに決まってる」

17

エイーナルがレオの荷物を調べているあいだエルラは後ろに下がっていた。期待と不安が入り混じる複雑な思いを抱えて、屋根裏から聞こえる怒鳴り声やドアを叩く音には耳をふさぎながら立っていた。

いざエイーナルが行動に出ると、エルラはためらいを覚えた。もし自分の思い過ごしで、レオが嘘をついていないとしたら？　本当に道に迷って、寒さと疲労のせいで細かい記憶が抜け落ちているだけかもしれない。どうしよう。もしそうなら、どうなるだろう？　レオは村に戻るなり警察に訴えるにちがいない。刑事告訴される可能性だってある……エルラは呼吸が速くなるのを感じた。

駄目よ、つまらないことを考えては。エルラは自分に言いきかせた。そうなったらすべて否定すればいい。それが唯一、罪を逃れられる方法だ。何を訴えられようが、それは彼の言い分でしかない。

いいえ、その人が何を言ってるのかさっぱりわかりません。わたしたちは助けを求めてきた人を家に入れて、一夜の宿と食事を提供した。なのに、そのお返しがこれですか！

頭のなかで警察とのやりとりをリハーサルしながら、どの警官が来るか予想した。たぶんあの警部だろう。太ったあまり好きではない中年男だ。

「エルラ！　ちょっと来てくれ！」霧の向こうから聞こえるようなエイーナルの声でわれに返った。「見ろ！　こんなものを見つけたぞ」

エルラはおそるおそる寝室に向かった。自分の心臓の音が聞こえそうだった。

「早く来い」

ドアの陰からのぞき込むと、エイーナルが勝ち誇った顔で方位磁石をかかげていた。

「あの野郎、道に迷わないようにちゃんと磁石を持っていた。方角がわからなかったなんて嘘だ。もしかしたら、あいつが電話に細工をしたのかもしれないな。あいつが現れたとたんに電話がつながらなくなったなんて怪しいと思わないか」

「そんな……本気で言ってるの？」実際のところエイーナルの理屈はさほど突飛ではない。電話は一昨日までちゃんと使えていたし、嵐が吹こうが、停電しようが、たいていは持ちこたえてきた。

「電話もあとで見ておいたほうがいいな。専門的なことはわからんが、ともかく調べてみる」エイーナルはまたレオのリュックサックを探りはじめた。

エルラは後ろに下がって、夫が取り憑《つ》かれたようにリュックサックから中身を次々出していくのを呆然《ぼうぜん》と眺めた。

エイーナルはふだんは穏やかな人間だが、以前にもこんな一面を見たことはあった。よくあるわけではないが、こんなことができる人なのだと知るには充分だった。幸いエルラに怒りをぶつけることはない。いつも大事にしてくれる。だが無理強いすると恐ろしいほど怒り出すことがある。別人になると言っても過言ではなかった。

「おい、これを見ろ、エルラ！」手に五千クローナ紙幣の束を持っている。「現金だ、こんなにたくさんある。おまえの言うとおりだ。あいつの話は何から何までおかしい」

エルラはまたアンナのことが心配になった。レオは嘘に嘘を重ねていた。「そうね、ほかにも何か出てくるかもしれない。でも、もしわたしたちが間違っていたら大変よ。エイーナル、大変なことになる」

屋根裏のドアを叩く音は家が揺れるほど激しさを増している。「いますぐドアを開けろ！　こんなことをしていいと思ってるのか！」

18

「エルラ、来てみろ。これを見てくれ！」エイーナルがまた呼んだ。エルラは戸口から動かなかった。どこかに行ってしまいたかった。ここ以外ならどこでもいい。これ以上恐ろしいことに巻きこまれたくなかった。

いま、すべてを投げ出して逃げたらどうなるだろう。そっと家を抜けだして、方角は決めずにとにかく逃げる。だが、それも無駄だとわかっている。どっちに向かっても雪が立ちはだかっている。この時期、この嵐では、ここから逃げる方法はない。どんなに大声で叫ぼうが、どんなに速く走ろうが、徐々に体温を奪われて死んでいくだけだ。

「エルラ、聞いているのか。こっちへ来い」

「聞いてる」エルラは抑えた声で答える。「でも、なかには入らない。関わりたくないの。こんなこと……間違ってると思う。わたしたちがあの人にしていることは犯罪よ。閉じ込めておくわけにはいかない。出してあげましょう」

「あいつを怖がっていたのはおまえじゃないか、エルラ。ときどきおまえがわからなくなる。ばかなことを言うのはやめてくれ。これは現実だ、エルラ。これが現実ってもんだ。この男は現実に存在していて、これは勘だが何かを隠している。いや間違いない。これがその証拠だ」そう言ってエイーナルは使い古された財布を振りかざした。

「部屋には入らない！」エルラは体を震わせながら叫んだ。

「いいからこれを見てみろって」エイーナルは財布を広げて、エルラに向かってかざした。エルラは他人の家に勝手に入るような気分で一歩だけ入り、言われたとおりに男の運転免許証を見た。

「見ろ。写真はあいつだが、レオというのはミドルネームだ。本名は言いたくなかったようだな」

「ミドルネームで通している人もいるでしょ」エルラは反論した。何をどう考えたらいいのかわからなかった。レオが現れてからずっと不安でしかたがない。「いったい何が起こっているの、エイーナル」エルラの声は震えていた。

「わからんが、突きとめてやる」エルラは夫がそう言ってくれて安堵する一方、不安を感じずにはいられなかった。夫はカッとなると何をするかわからないところがある。

エイーナルはリュックサックをつかむと、逆さまにして中身を床にぶちまけた――着替えに洗面道具。怪しいものはなさそうだ。次にリュックサックのなかをのぞき込んだ。「これで空っぽだ。さあ、片っ端から調べてみよう。やつが何者で、何をしようとしているのか手がかりが見つかるかもしれない。逃亡中の犯罪者ってこともある」

「ドアが壊れないかしら」

「そう願うが、そのときはそのときだ。あんな都会育ちの腰抜け、ぶちのめしてやる」エルラはその言葉を少しも疑わなかった。エイーナルはたくましい。この辺境の地で生きていくために厳しい自然との壮絶な戦いに挑みつづけてきた先祖たちのエネルギーを、すべて受け継いでいるかのようだった。だが、先祖から受け継いだ農場のほうは余命いくばくもないことは、エイーナルを除く誰の目にも明らかだった。

ここを引き払って、どこか別の場所に家を構えることができればいいが、そう簡単にはいかない。ふたりの財産はほぼすべてこの農場に投資されている。設備や家畜を含めここを売り払うのは容易ではないだろう。最寄りの村からも遠く離れた古い農家なんてなんの価値もない。アイスランドの地方に散在する廃屋がその証拠だ。自分たちが去ったあとにこの家がたどる運命が目に浮かぶ。割れた窓、剥がれ落ちたペンキ、錆《さ》びたトタン屋根。抜け殻となった家はもはや家とは呼べず、荒れ地をさまよう幽霊の住みかになるのが関の山だ。

確かに土地というそれなりに大きな財産はあるが、それも家と同じことが言えた。

このあたりの土地は、ここで生きる覚悟のある農民でなければなんの価値もない。冬は過酷で、夏も寒いとあっては別荘地として人気が出ることもない。

エルラが擦りきれたレコードの溝をなぞるように思いを巡らせているあいだも、エイーナルはリュックサックの中身をかきまわしていた。「何もないな」

「そこのポケットはどう?」

「どれだ、どこにある?」

「その横のポケットよ」エルラはリュックサックの側面にある深いポケットを指さした。

「ああ、これか、よく見つけたな。何か入ってるかもしれない」エイーナルはファスナーを開けて、なかに手を入れた。「なんだ、これは?」

19

エイーナルはリュックサックのポケットから狩猟用ナイフを取りだした。鞘《さや》から抜いて刃に親指を当てている。「切れ味もよさそうだ」

エルラはぞっとした。エイーナルの怒りをなんとしても鎮めないと。こういう夫を見たことがある。この表情といい、この不気味な声といい。

「それは説明がつくでしょ。彼は狩りに来たんだから」

「ライチョウをナイフで仕留めるか？」

「ハンターがナイフを持っていたっておかしくないんじゃないの。用心のためとか」

だがエイーナルは聞いていない。

「そろそろあいつと話をしたほうがよさそうだ」険しい顔でそう言いながら、戸口に向かってきた。

エルラはとっさに行く手をふさいだ。「エイーナル……やめて」

「どいてくれ。あいつと話をしてくる」ナイフを握ったままだ。

「ナイフは置いていって」

「念のために持っていくだけだ。おまえが言ったように用心のためだ。相手の正体がわからないんだからな」

「だったらせめて鞘におさめて……」だが夫は聞いていない。

エルラは一歩も譲る気はなかった。エイーナルを行かせてはならない。背後ではレオがドアを拳で叩き、足で蹴り、声を嗄《か》らして叫んでいる。

ふとまたアンナが心配になった。

「エイーナル、レオはやっぱりアンナの家に行って、あの子に何かひどいことをしたんじゃない？」エルラは訊いたがエイーナルの耳にはもう届かない。エルラを押しのけ、階段に向かった。

あのナイフで、あの鋭い刃で……アンナの身に起きたかもしれないことを考えると目の前が真っ暗になった。なぜレオは他に家は見ていないなんて嘘をついたのだろう。ああ、神様。エルラは玄関のドアが開く音を、アンナの〝来たわよ！〟という声を聞きたいと心底願った。もしレオがアンナをあのナイフで襲ったのだとしたら……。ナイフはきれいに見えたが、拭きとったのかもしれない。アンナが床に横たわり、自分ではどうにもできないまま、ただ血を流して死んでいく姿がありありと目に浮かんだ。エルラはいますぐ外に飛びだして娘のところへ駆けつけたい衝動に駆られた。だが、外の風の音を聞くと、生きてたどり着ける自信はなかった。

エルラは居間に向かった。

「入るぞ」屋根裏からエイーナルの凄みを利かせた声が聞こえた。「ドアから下がれ」

ドアを叩く音がやみ、レオが大声で答えた。「入れよ!」

エルラはこの先どうなるかと思うと怖くてしかたがなかった。常識で考えれば、屋根裏に駆けあがって二人を引き離し、レオに出ていってくれと言えばすむことだ。レオに玄関のドアを指し示すだけでいい……いや、地下室のドアでもいい。地下室の出入口は外にある。あそこに追いやって、家に鍵をかけてしまえば、ふたりで安心してクリスマスを過ごすことができる。問題はそのあとだ。警察には嘘をつくことになるだろう。それは避けられない。しかし、そのくらいはできる——きっとできる。エイーナルのための嘘だ。憤ってみせて、誰も閉じ込めたりしていないと主張する。ばかばかしい、主人はそんなことしていませんよ、と。きっと信じてもらえる。エイーナルのいない人生には耐えられない。ここから出ていくためならどんなことも辞さないつもりだったが、夫と一緒に歳をとっていきたい。そうしようとずっと前から決めている。エイーナルを失うなんて考えられない。

妙な静けさが降りてきた。きっとエイーナルがドアを開けているのだろう。やっぱり。鍵をまわす音だ。次に蝶番がきしむ音がすると、エイーナルが大声で質問を浴びせはじめた。「いったい何が望みだ？　これはなんだ？　これはなんなんだ？　なぜこんな物騒なものを持ってうちにやって来た？」

エルラはそれ以上聞いていられなかった。両手で耳をふさいで玄関に駆け寄り、ドアを開けようと手を下ろしたそのとき、屋根裏から大声で言い争う声がした。たまらなくなって泣きながら部屋着のまま外に飛びだすと、やんでいた雪が再び猛烈な勢いを取り戻していた。

エルラは膝まで積もった雪のなかをもがきながら進んだ。吹雪は暴風雪《ブリザード》と化し、視界は数歩先を見るのもやっとだったが、もう気にしなかった。あのまま家にはいられなかった。夫が怒りを抑えきれなくなった瞬間に居合わせたくなかった。

ひたすら無意味な願いを繰りかえす。時計の針を一日戻せないかと。見知らぬ他人を家に入れたのが間違いだったのだ。もしやり直せるなら、絶対に玄関で追い払う。やり直せるなら……。

クリスマスイブだというのにこんな雪の原野にいるなんて。正真正銘のホワイト・クリスマスだ。笑ってしまう。寒い。恐ろしく寒い。それでもエルラは家を離れ、できるだけ足早に斜面を下った。雪の吹きだまりで景色が変わっても、ここが道だとわかっている。

気持ちはアンナの家に向かっているが、この猛吹雪にこの格好では生きてはたどり着けないだろう。それでも進みつづけるしかなかった。足は重く、寒さが骨の髄までしみこんでくる。息が切れる。このペースで進みつづけるのは不可能だとわかっていても足を止められなかった。

本当にここで死ぬかもしれない。

だが、一瞬頭をよぎった恐怖はすぐにエイーナルとアンナを案じる思いに取って代わられた。そして突然現れたあのよそ者によって、夫婦で何十年もかけて築いてきた人生が台無しにされようとしていることにも。毎日が幸せだったわけではないが、それでもこれがエルラの人生だった。あの男にこんなことをする権利はない。すべてを壊してしまう権利なんて。

重くなった足が止まる。肩で息をしながら、目に刺さってくる雪を避《よ》けるように、目を細めて振りかえる。思ったほど進んでいなかったことを知って愕然《がくぜん》とした。すべての感覚が雪で鈍麻していた。

さっき出てきた家が、激しくなびく雪のカーテン越しにおぼろげに見えていた。なんて哀れな姿だろう。窓に灯る明かりもなく、完全に冬の手に落ちている。

エイーナルとレオはまだ屋根裏で怒鳴りあっているだろう。そんな争いの場には戻りたくなかった。エルラは疲れを押してまた前に進みはじめた。誰かから、何かから逃げるように。

鼻にも口にも雪が入ってくる。息が苦しい。体はどんどん冷えていった。まつげの氷を払いのける余裕もなく、ひたすら歩きつづけた。雪の下が道だということは長年の経験でわかっている。このまま歩いている限り道に迷うことはない。もちろん引き返すつもりだが、それはエイーナルが問題を解決してからだ。エイーナルならきっと決着をつけられる。

　少しずつ近づいてはいるが、アンナの家はまだはるか先だった。徐々にペースが落ち、立ち止まったとたんに寒さが押し寄せてきた。指の感覚がなく、何度も拳を握りしめたが効果はなかった。

　引き返そう。こんな無茶を続けるわけにはいかない。

　車を見つけたのはそのときだった。

　あれは――うちの車だ。古い緑色のオフロード車。雪に覆われてほとんど見えないが間違いなかった。エイーナルは冬場はいつも家から少し離れたところに車を駐《と》めている。農場の手前の坂道が一番深い吹きだまりになるからだ。

　エルラは後ろを振りかえった。誰かに追われているような気がした。正面から風が吹きつけてくる。少しだけ目を開いてみたが、白い雪が大きく渦を巻いているだけだった。

　少し休まないことにはもう歩けそうになかった。全身が震え、歯も鳴っていた。運転席側のドアの周囲の雪を必死で取りのぞき、かじかんだ手でドアハンドルをつかむと、凍りついていないことを祈って力を込めた。ありがたいことにロックはされていなかった。

雪に埋もれたドアを引っ張り、体が入るだけの隙間があくと、運転席に乗りこんだ。

車のなかは暗く、窓は氷で覆われていた。イグニッションを手で探ったが、エイーナルがキーを挿しっぱなしにしているはずがなかった。エンジンをかけてヒーターを点けることはできなかった。凍てつくような寒さは変わらないが、少なくとも吹雪からは解放された。エルラは腰を落ちつけると息を整え、一瞬だけ目を閉じた。力を奮い起こすためだ。忍び寄ってきた睡魔に負けるわけにはいかなかった。

20

ふと目が覚めた。どうやら運転席に座ったままうとうとしてしまったらしい。どのくらいの時間が経ったかわからないが、凍死するおそれがあることを考えると、目が覚めたのは幸運だった。

物音が聞こえたような気がしたが、あれは夢だったのか。

手足を伸ばしながら左側の窓から外に目を向けると、取りのぞかれた氷のあいだから一対の目がこっちを見ていた。

息が止まりそうになった。誰がのぞき込んでいるのかわからないが、ドアをロックしていなかった。

エルラは目をそらし、慌ててドアハンドルに手を伸ばしてロックした。

だがそれで得られるのは数秒の猶予にすぎない。座ったまま手が届くのは運転席側のドアだけだ。助手席側のドアをロックするには広い座席を這っていかなければならない。

すると今度はガラスを叩く音がした。この音で目が覚めたのだとわかった。

恐怖を抑えて顔を上げ、もう一度窓を見た。外に誰がいるのか確かめないわけにはいかない。ふたりのうちのどちらかしかいないのだから。エイーナルかレオか。

どうかエイーナルでありますように。

エルラは狭い氷の隙間から目を凝らした。

エイーナルではなかった。

恐怖で体が麻痺《まひ》してしまったように動かなかった。

男がまた窓を叩いた。

「エルラ？」ガラスでくぐもって聞こえるが、あの男の声だ。ドアハンドルをガチャガチャ鳴らしている。「エルラ、ドアを開けてくれないか。話がある」

返事をしようとしたが、口のなかがからからに乾いて声が出ない。

「エルラ、わたしと一緒に家に戻ってくれないか」声に恐怖がにじみ出ている。そんなおかしなことがあるだろうか。死ぬほど恐怖を感じているのはエルラのほうだ。

エイーナルはどこにいるのだろう。どうして一緒に捜しに来なかったのだろう。だがよけいな想像をしないことにした。大丈夫に決まっている。考えるまでもない。きっと手分けして捜しに出たのだ。エイーナルは納屋のほうに行っているに違いない。

いったい家を出てからどのくらい時間が経ったのだろう。車のなかで眠ってしまったのはうかつだった。まだ雪は降っており、隙間風が入るような古い車では避難所の役目はほとんど果たせていなかった。

「エルラ、頼むから車から出てきてくれ。話があるんだ！」レオがまたドアハンドルを激しく引きはじめ、ドアがはずれてしまうのではないかと心配になった。だが、こんな頑丈な車を素手で壊せるはずがない。

エルラはどうすることもできず暗い車内を見まわしたあと、勇気を振り絞ってレオともう一度目を合わせた。わたしになんの用？　無言でメッセージを伝えた。

レオはおびえているように見える。それは確かだ。だが同時にエルラを震え上がらせてもいる。ふたりとも恐怖で正気を失っている——惨事を招きかねない。レオがなかの様子を見ようと窓ガラスをこすっている。そのうちレオもコートを着ていないことがわかった。エルラと同じように着の身着のままで吹雪のなかに飛びだしてきたのだ。髪にもセーターにも雪がこびりついている。寒くてたまらないはずだが、必死で自分を突き動かしているように見える。エルラはその理由を知りたいと思ったが、真実を知ることが恐《こわ》くもあった。

次の瞬間、レオはドアハンドルから手を放し、雪をかき分けて反対側にまわりこんできた。エルラは助手席側のロックに手を伸ばしたが、寒さで体が思うように動かなかった。

先にハンドルに手をかけたのはレオだった。ドアが開いた。

21

これほどの恐怖を感じたのは初めてだった。

エルラは夫婦ふたりの静かなクリスマスを台無しにした男をにらみつけた……この男はナイフを隠し持っていた。この男は嘘をついていた。こんな時期に誰もこんなところに来るはずがなかったのだ。ここは一番近い集落からも遠く離れていて安全なはずだった。

レオはひどく興奮した目をしていた。しばらくどちらも動かなかった。

レオはドアを開けたはいいが、次に何をすればいいかわからないようだった。エルラは気づかれないようにわずかに後ろに体を引いた。レオはまだ車に押し入ってくる様子はない。エルラはレオから目を離さずに運転席側のドアハンドルに手を伸ばした。

そのときレオがかすれた声で言った。「あなたに話がある、エルラ。いますぐ」エルラが黙っていると、また何か言ったが、風の音にかき消されてよく聞こえなかった。たぶん、こう言ったのだと思う。「あなたを傷つけたりしない、約束する」

ぞっとした。気がつくと運転席のドアを開けて、車から飛びだしていた。

後ろを振りかえらず、家があるべき場所に目を向けたまま、もつれる足で駆けだした。だが雪はさらに深くなっていた。降りしきる雪で前がほとんど見えない。それでも方角だけはわかっている。この坂も数えきれないほど通ったが、こんなに必死に登ったことはない。なにしろ命がかかっている。

〝あなたを傷つけたりしない〟とレオは言ったが、振りかえる勇気はなかった。どこまで迫ってきているか知りたくなかった。一秒たりともペースを落としたくなかった。深い雪のなかをもがきながら、エルラは虚空に向かって大声で夫の名前を呼んだ。だがいくら声を張りあげても雪の渦にあっという間に吸いこまれてしまい、絶望の叫びは声になったとたんに強風に押しつぶされた。

さらに恐ろしい予感がエルラを襲った。もう誰も聞いていないのではないか。エイーナルの身に何かあったのではないか。いったいあの人はどこにいるの？　クリスマスイブだというのに、なぜひとりで危険な男から逃げているのだろう。

「エイーナル！」こんな声が出せるとは思わなかった。寒くてたまらないが、いまはレオより先に家に入ってドアに鍵をかけることしか頭になかった。家じゅうの戸締まりを確認してレオを締めだす。そうすれば何もなかったようにやり過ごせる。ふだんどおりに。

視界の隅に黒いものが現れ、トンネルのように迫ってくる。いま気を失うわけにはいかない。家はもうすぐだ。やり遂げてみせる。

いまにもレオが追いついてきて、肩をつかまれ雪のなかに押し倒されるかもしれなかった。雪に足を取られるとはいえ、レオはエルラよりも速く走れるはずだ。なのになぜ、まだ追いついてこないのだろう。

振りかえってレオとの距離を確かめたかったが、ひたすら前を見て進んだ。

白い雪の向こうに黒い輪郭が現れた。家だ。もうすぐだ……あと少しだ。

22

ラジオから聖歌が流れている。だがディナーを囲む食卓は静かだ。

フルダはいつものようにクリスマスらしい彩りを食卓に添えた。赤いテーブルクロスとそれに似合う皿、一番上等のクリスタルのグラス。クリスタルの水差しにはヨーラオールが満たされており、主菜のハンボルガラフリッグルは皿の上で刻々と冷めていく。

フルダと母親はすでに自分の皿に好きなように取り分けていた。母親はフォークに肉とソースとキャラメライズしたジャガイモをせっせとのせていく。一方のフルダはまだ手を付けていなかった。

ヨンとディンマの姿はない。

「ヨンがもうすぐ連れてくる」フルダは皿をぼんやり見ながら、母親にというより自分に向かってつぶやいた。

「ねえ、フルダ……」

フルダが目を向けると、母親はまたハムを口に入れ、まだ噛《か》んでいる途中で繰りかえした。「ねえ、フルダ、あんたたちがどんなふうにあの子を育てているのか、あんたとヨンがいつもどんなしつけをしているのか知らないけど、クリスマスのディナーに遅れるなんてとんでもないよ。わたしはまだあの子の顔も見てないんだからね、クリスマスイブだっていうのに。わたしが若かった頃はこんな不作法なことは許されなかった。あんたが子供の頃だってこんなことをしたら、わたしもおじいちゃんたちも黙って見ていなかっただろうね」

「お母さん……」

母親はヨーラオールを飲み干した。「わたしが行って話してみようかね。ディンマとわたしはずっと仲良くやってきたし」そう言って得意げに微笑んだ。

わたしとお母さんとは違ってね、と言い返したかった。だがフルダは「ヨンに任せて」と言うにとどめ、「大丈夫だから」と付け加えた。フルダ自身、もうそうは思っていなかったが。

「ふたりとも仕事に時間をとられすぎなんだよ、フルダ。きっとそう。ヨンはいつも仕事ばっかりしているし、あんたは警察で責任の重い仕事に就いているし。いいことは思えないけどね。もっとあの子に目を向けてやって、もう少し楽な働き方を見つけたほうがいいんじゃないの。午前中だけパートで働くとか。ヨンには家族全員を養えるだけの収入があるだろうに」

「干渉しないで」フルダは思わずカッとなって言い返した。椅子から立ちあがり、廊下に向かって呼びかける。「ヨン、ディンマ、来ないの？」

「まあ、わたしに言わせれば、しつけがなってないね。ときには厳しくすることも必要だよ」

「厳しくする？」

「ええ、わたしはそう思う」

「で、誰がそうしたらいいの？　わたしたち？　それともお母さん？」

母はこの攻撃に少しうろたえたようだった。

「そんなに悪くとらないでよ……孫の育て方に関心をもつ権利くらいあるだろう。わたしにだって少しは子育ての経験があるんだから」

「へえ、お母さんに子育ての経験が？　そうなんだ」とっさに口を衝《つ》いて出たが、言ってすぐに後悔した。

母は呆然としている。そこへヨンの声がした。「いま行く」

「フルダ、どういう意味？　何が言いたいの」いまにも泣きだしそうで、フルダはどこかに行ってしまいたくなった。

気持ちを鎮めるとすぐに言った。「意味なんてないから、お母さん。ごめんなさい。

育て方を批判されて少し腹が立っただけ。お母さんの気持ちはわかるけど、ディンマはいま微妙な時期で、わたしたちだって頑張ってるのよ。お母さんに口を出されてもどうにもならないの」

今度は気分を害したような沈黙が返ってきた。無難な言葉の裏に、長い年月をかけてふたりのあいだにできた溝の影響が母には聞きとれたのだろう。それは埋めることのできない溝で、フルダは受け入れられるようになったが、母はどうやらそうではないようだ。

母は皿に目を落として、またひとくち食べた。

「ねえ、フルダ」口のなかのものを飲み込むと言った。「わたしたち……わたしはあんたと一緒に精一杯頑張った……」母の声は次第に小さくなり、ラジオから流れる『きよしこの夜』にかき消されてしまった。

ヨンが不機嫌そうな顔で現れた。差し当たって何もしゃべるつもりはないようだ。ヨンはこうした場で愛想《あいそ》よく振る舞うことを嫌がった。

フルダは夫をじっと見つめて、状況を説明してくれるのを待った。どうやらディンマはディナーに同席するつもりはないようだ。きれいに飾り付けたツリーの下に置かれたプレゼントはどうなるのだろう。楽しいはずの夜が惨めな終わりを迎えることがもう目に見えていた。母が空気を読んで帰ってくれたらいいが、そうはならないことはわかっている。帰ってくれとも言えない。今日はクリスマスイブだ。

　張りつめた沈黙を破ったのはその母だった。「ディンマはどうしたの？　わたしが行って話そうか」

　ヨンは言葉に詰まり、とりあえず席に着いた。

「お気持ちはありがたいが、行っても無駄ですよ」ヨンはクリスタルの水差しから自分のグラスにヨーラオールを注いだ。「ディンマは部屋から出てきません。出たくないんですよ」

「なぜ出てこないの」母は聞き流そうとしない。

「さっぱりわかりません。どうしてやればいいのかわかればいいんですがね」ヨンはいつになく気弱な言葉を吐いた。「強情というのか……まあ、反抗期ってやつでしょうが、普通とはレベルが違う。きっと……伝統を重んじるみたいなことが受け入れられないんでしょう。こうしたクリスマスの一切合切が嫌なんですよ。うまく言えませんがね」

「だったら、そのばかげた考えをあの子の頭から追い払ってやりなさい」フルダの母はテーブルを軽くたたきながら語気を強めた。「もっとしつけが必要ですよ」

「お母さんは黙ってて！　これはお母さんには関係ないことよ。ヨンとわたしにまかせて」

「それって、わたしに帰れって言ってるの？　クリスマスのディナーを切り上げて？」母が言い返す。「帰りますよ。あんたたちがそうして欲しいなら。フルダ、タクシーを呼んでちょうだい」

フルダもそうしたかったが、口から出たのは心にもない言葉だった。「そんなはずないでしょう。ばかなことを言わないで、お母さん。さあ、食べましょう。いつものようにゆっくりして、わたしたちからのプレゼントを開けてちょうだい」涙が頬を伝うのがわかった。横を向いて手の甲で拭い、気を鎮めた。

「ディンマなら大丈夫ですよ」ヨンはハムを取りながら言った。

「大丈夫じゃないでしょ」フルダは母がいることも忘れて言い返した。「あの子はちっとも大丈夫じゃない。さあ、もうクリスマスは終わりよ。医者か心理学者に話を聞いてもらう。これ以上あなたの言い訳は聞かないから」

ヨンは困惑した顔でまず義母を見て、それからフルダに向かって言った。「それで解決するとは思わないが、いまここでする話でもない。あとで話し合おう、いいね」

23

エルラは両手でドアノブをつかんだ。よかった、いつもどおり鍵は開いている。鍵をかける習慣がないのは、こんな誰も来ないところで用心する必要はこれまでなかったからだ。

ドアを開けると家のなかに倒れこむように入った。

やっと帰ってきた。

ほっとしている場合ではない。いますべきことは戸締まりだ。

肩越しに一瞬だけ振りかえる。レオの姿はどこにもなかった。

血の気も感覚も失った手でドアを閉めようとしたそのとき、レオの姿が目に入った。思っていたより距離があった。もう一度見ると、走らずに歩いている。焦っている様子はなかった。

それでもこっちに向かっていることは確かだ。エルラはドアを力いっぱい閉めると、間違いなく施錠したことを確認し、安堵のため息を吐《つ》いた。やっとこれで人心地がついた。

でも、どうしてレオは急いでいなかったんだろう。

エルラはエイーナルの名前を呼んだ。そして呼吸を整え、動悸が落ち着くのを待って、頭のなかで確認を始めた。

窓は全部閉まってる？　こんな天気なのだから閉めているはずだ。それにレオの体格では窓からは入れない。

裏口は？

エルラは居間を駆け抜け、暗い廊下を壁伝いに進んだ。

裏口も閉まっていた。

ほっとしたら涙がこみ上げてきて壁にもたれて目を閉じた。安心すると急に寒くなってきた。全身が震えている。

もう一度エイーナルの名前を呼んだ。返事はなかった。

状況をもう一度把握した。電話は通じない。停電している。そしてレオがもうすぐやって来る。

なぜまだレオがいるの？　なぜまだ目が覚めないの？　こんな悪夢はきっとすぐに消えるはずだ。

わずかな陽の光も吹雪に遮られ、家のなかは真っ暗だった。停電の復旧には何日もかかる。レオがあきらめて去っていくまで、ずっとここで身を潜めていなければならないのだろうか。それに、エイーナルはどこ？

「エイーナル！　エイーナル！」声が不気味なほどの静寂を破り、闇を貫いた。エルラは耳を澄ませて返事を待った。

「エイーナル！」

壁につけた背中を滑らせるようにして廊下の隅の床に座りこんだ。完璧な闇に包まれた。ここにいれば、誰も背後から忍び寄ってくることはない。疲れた体から力が抜けていった。

物音ひとつしなかった。

エルラはまたアンナのことを思った。ここにはアンナが昔使っていた部屋がある。ドアはいつもどおり閉まっている。誰も泊めずに、娘が使っていた頃のままにしてある。そこは寄宿学校に入るまでアンナが過ごした場所だった。故郷に戻ってきてからは、その部屋ではなく、隣りの家で暮らすようになった。二軒の家を行き来するのは少し面倒だったが、娘が戻ってきてくれたのは嬉しかった。

いま座っているところから外は見えないが、風の音で家を叩きのめさんばかりに嵐が吹き荒れているのがわかる。エイーナルは空が荒れるとよく嬉しそうに言った。安全な家にいながらこうして嵐の音に耳を傾け、自然が繰り広げる戦いの行方を追えるなんて実に愉快だと。エイーナルは自然の申し子だ。この荒野に溶けこんでいる。それがふたりの大きな違いだとエルラは思っていた。

いったいエイーナルはどこにいるの？　もう一度呼んでみたほうがいいだろうか。いや、返事がないのはきっと納屋に行っているからだろう。

もう一度声を出す勇気はなかった。息を潜めて一分一秒をやり過ごすごとに、レオがあきらめて去っていく可能性は高くなる。

それにしてもこんなときに停電だなんて。だが冬にはよくあることで、たいていは嵐のときに起きる。もちろん復旧はするが、なんら社会的影響力をもたない夫婦が過疎地で営む農場のためとなると、作業の優先順位は低かった。アンナの家も停電しているに違いない。娘が暗闇のなかでひとりでいると思うとたまらなかった。

だが、電話も使えなくなった。あれはどう考えてもおかしい。何があっても電話だけはいつも使えたのに。やはりレオが何か細工をしたのだろうか。

震えは少しずつおさまってきたが、服は溶けた雪で濡れており、体は恐怖でこわばっていた。

エルラは座ったまま、レオの気配に聞き耳を立てた。

もし入ってきたら、どうしよう。この闇のなかでレオに先んじることができるだろうか。

エルラは廊下の隅にできるだけ体を押しつけた。すべてが過ぎ去るのをここで待つことにした。

目を閉じる。この恐怖を抑えるにはほかのことに集中するのが一番だ。今日はクリスマスイブだ。エイーナルとアンナと三人で過ごしているところを想像する。ほかには誰もいない。これでやっとプレゼントを開けられる。

エルラは待って、待って、待った。

どのくらい時間が経ったかわからない。想像が現実になることを祈っていたが、何も変わらなかった。

「エイーナル！」駆り立てられるように叫んだ。返事に耳を澄ませたが、返ってきたのは風の咆哮だった。「エイーナル！ どこにいるの？」

エルラは立ちあがった。じっと座ってはいられない。エイーナルを捜さないと。まず家のなかを捜してみよう。外に出るのはまだ危険だ。嵐がおさまるのを待ち、レオに立ち去る時間を与えてからだ。締め出されたことがわかればあきらめるだろう。だが、さっきからずっと恐ろしい光景が頭から離れない。エイーナルが雪のなかでけがを負って倒れているのだ。それでも外に捜しに出る気にはなれなかった。こんな天候で、しかもレオが待ち構えているのに外に出ていくのはあまりにも無謀だ。

エルラは恐怖に縛られしばらく動けなかったが、ゆっくりと前に一歩踏みだした。

ドアを叩く音がしたのはそのときだった。

家じゅうに響きわたるような音だった。風の音はかき消され、まるで嵐が急に収まったかと思えるほど衝撃は大きかった。

悪夢が現実になろうとしている。

それとも聞き違えたんだろうか。

何が想像で、何が現実なのかわからなくなっていた。

目は暗がりに慣れてきたが、壁伝いに廊下を進み玄関に向かった。どうかドアの向こうにいるのはエイーナルでありますように。

またドアを叩く音がした。拳で強く連打する音。エルラにはそのメッセージがはっきり伝わった——逃げられると思うな。

動けなかった。時間も一緒に止まったように思えた。

どうでもいいことが頭のなかを駆けめぐる。今年のクリスマスイブはここまでだ。テーブルの上にハンギキョートはないし、ラジオから聖歌も流れてこない。プレゼントもクリスマスに読む本もない。いつも一番楽しみにしているのは、新しい本が入った紙包みを開けて、ロウソクの明かりで夜更けまで読むことなのに。考えただけで一瞬元気が出て、それがどれほど遠い夢か忘れそうになる。

いままでずっと安全でいられたこの家で、もう当たり前のことができなくなった。

そしてこのあとは何ひとついままでと同じではなくなることを、エルラは心の底で知っていた。唯一わからないのは、今夜、今日がどう終わるかだ。

ドアを叩く音が大きくなった。エルラは音の方向へ近づいていった。催眠術にかかったみたいに、危険だとわかっていながら自分を止められなかった。

物陰から首を伸ばして玄関をのぞく。心臓が飛び上がった。ドアの横の窓のすりガラスに誰かが顔を押しつけている。

思わず後ずさった。

あの男だ。レオだ。

当たり前だ。そんなことは最初からわかっていた。ほかに誰がいる？　それでもエイーナルであることを願っていた。

すりガラスなのではっきり見えないが間違いない。

「そこにいるんだろう、エルラ。いるのはわかっている」ついに話しかけてきた。

「さっきは開いていた鍵がいまはかかっている。だからなかにいるのはわかっているんだ。なかに入れてくれ。話がある。何が……何があったのか……」レオは話を急にやめ、しばらくしてまた呼びかけてきた。「知りたい……」

知りたいのはこっちのほうよ。エイーナルがどこにいるのか知る必要がある。

だがエルラは返事をしたくなかった。返事をしたら、ここにいることを教えるようなものだ。あの男ならガラスを破ってドアを開けるくらいわけもないだろう。

レオはまた激しくドアを叩きはじめ、次に窓を叩いた。

エルラは覚悟を決めて、前に一歩踏み出した。この先はどうなるかわからなかった。まるで返事をしようとしている自分を外から眺めているような気がした。

「わたしになんの用？」高くか細い声だった。「ここはわたしの家よ。あなたをなかに入れる義理はないでしょう」

「わたしをここで凍死させたいのか」

「それは……それはわたしには関係ない」声が震え、勇気が萎えていくのを感じた。

レオはまた乱暴にドアを叩いた。

「なかに入れろ、エルラ」

「あなたの言いなりにはならない」

沈黙が漂う。

「エイーナルはどこ？」

返事はない。

「主人の居場所を教えてくれたら、ドアを開ける」たまりかねてそう言ったが、取引するつもりはなかった。あんな男が玄関先で凍死しようが知ったことではない。なかに入れる気はない。いっこうに返事が返ってこないので、もういないのではないかと思いはじめた。どこかに行ってしまったのだと。いや、レオなんて最初から想像の産物にすぎなかったのだと。

これだけの窮地に立たせながら、まだ足りないかのように、闇がエルラを恐怖に陥れていた。いつもは停電くらいでこんなに不安にはならないのだが、いまは耐えられそうになかった。ロウソクが欲しい。そうだ、あそこだ、食卓の上にある。だが振り向いたそのとき、またレオの声が聞こえてきた。

「ドアを開けてくれたら、居場所を教える」

ぞっとした。

エイーナルの居場所を知っているの？　それとも、ただのでまかせ？　エイーナルに何かして――どこかに閉じ込めているのだろうか。いや、まだ吹雪のなかでわたしを捜しまわっているのかもしれない。

推測が頭のなかを駆けめぐり、めまいを覚えた。もはや何が真実なのか分からなかった。暗闇のなかで途方に暮れ、ドアの向こうにいる男におびえ、この突然訪れた静寂におびえていた。嵐の前の静けさに……。

エルラはレオの提案を無視して、居間に向かって歩きはじめた。状況を把握しなければならない。レオはどこにも行かない。遅かれ早かれ、家に押し入るだろう。エルラを助けてくれる者はいない。自分の身は自分で守るしかなかった。

食卓の角に手が触れた。手で探ってロウソクを見つけた。あとはマッチだ。マッチはどこ？　エイーナルがいつもポケットに入れている。煙草《たばこ》を吸っていた頃の習慣だ。だがエイーナルはここにはいない。それに、ポケットのマッチはレオに渡したんじゃなかった？　いまそのことを思い出した。

外は静かだった。その事実にまたぞっとした。落ち着くのよ。エルラは自分に言いきかせた。玄関も裏口も鍵はかけてある。だからレオは音を立てずに入ってくることはできない。

ちょっと待って――キッチンでマッチ箱を見かけなかった？　冷蔵庫の上よ。エルラはキッチンに行って、冷蔵庫の上の棚に手を伸ばした。あった。急いで一本抜いたが、手が震えてうまくすれない。

もう一度。ようやく音を立てて燃えあがった。手の震えを抑えながら、小さな炎をそっとロウソクに近づけた。ついに明かりが灯った。

ロウソクの炎を見ていると、アンナがまだ小さくて電気の供給がもっと不安定だった頃の記憶がよみがえってきた。ロウソクの明かりで過ごす家族の夕べは楽しいものだった。そんなときはたいてい三人でトランプをして過ごしたが、エイーナルが気分の乗らないときは、母と娘だけで遊んだものだ。あの頃もこうした自然との闘いが絶えなかった。だがアンナは進学を機にここを離れた。エルラはアンナが先祖のしがらみから解放されることを願った。容赦なく続くつらい労働に支えられた暮らしは、エルラとエイーナルの代で終わりにしたかった。エルラは娘を大きな町に住まわせることを決意した。少しは楽な人生が送れるように。

それなのにアンナは卒業すると故郷に戻ると言った。青天の霹靂《へきれき》だった。まだ若くて独身だというのに、小作人に以前貸していた家と農場を継ぐと言ったのだ。あの農場が朽ち果ててしまわないように家と土地の手入れをしていきたいと。子供の頃よく遊びに行っていて、いつか住みたいと心に決めていたという。伴侶を見つけ、子供を産んで、家庭を築くのは後まわしになった。「そのうちにね」とアンナは言った。

エルラは当時のやりとりをよく覚えている。娘に怒りを爆発させたのはあのときが初めてだった。故郷に戻るという娘を激しく責め、エイーナルに移住を真剣に持ちかけてこなかった自分にも腹が立ってしかたなかった。

アンナから返ってきた言葉にエルラは唖然《あぜん》とした。そのとき、娘が本当にここで暮らしたいと思っていること、荒野も羊も厳しい気候もすべてひっくるめてこの辺境の地を愛していることを知った。エイーナルと同じだ。父親とそっくりだ……母親とはまるで違う。エルラはアンナと二度とその話はしなかった。

レオがまたドアを叩きはじめた。あきらめるつもりはなさそうだが、押し入るつもりもないようだ——いまのところは。

エルラはロウソクを持ってキッチンを見まわしたあと居間に入った。誰もいない。もちろんいるはずがない。いたら気がついていた。何も変わっていないように見える。すべてがあるべき場所にあった……いや、違う、そんなことはない。いまごろは家族で食卓を囲んでハンギキョートを食べていたはずだ。それがあるべき姿だ。エイーナルはどこだろう。まだ屋根裏にいるのだろうか。レオと争ってけがをしたとか？　考えただけで寒気がした。

レオがしつこくドアを叩きつづけているが、いま頭にあるのは屋根裏に上がって、エイーナルがいないかを確認することだけだ。だが足は鉛のように重かった。一段ずつ、ためらう気持ちを振り切って足をあげた。レオがドアを叩く音が異次元で響いていた。いまは自分の心臓の鼓動のほうが耳に大きく響いている。

階段を上りきると部屋のドアが開いていた。そこで何か恐ろしいことが起きたのだと直感でわかった。とっさに逃げようとした。ここにはいられない。

しばらく身じろぎもせずに突っ立っていた。ぐずぐずしている時間はなかった。もしレオがエイーナルに何かしたのなら知る必要がある。場合によってはすぐに脱出計画を立てなくてはならない。

エルラは部屋に向かって足を踏みだした。

顔は上げられなかった。目をつぶったまま部屋全体を照らすように燭台《しょくだい》をかかげた。

汗が噴き出る。エルラは目を開けた。

あまりの衝撃に体は固まり、思考は停止した。するとしばらくして潜在意識の奥底から浮かびあがってきたものがあった——自由。

やっと自由になれる。ついにこの家を出て、孤独から解放され、町に移り、人と出会い、友人を作り、親や姉妹に会えるようになる。もう囚人ではなくなる……。

とたんに吐き気と恥ずかしさがこみ上げた。エルラは自分が無意識に感じたことに愕然とした。

床の上にエイーナルが横たわっていた。最愛の人が死んだように動かず、その周囲には黒々とした染みが広がっていた。

24

叫んだが、声は出なかった。吐き気がこみ上げて、うずくまって目を閉じ、とにかく落ち着こうと震えながら深呼吸をした。きっと幻覚を見たのだ。死体も血も。

勇気を奮い起こして顔を上げた。また吐き気がこみ上げた。

だが、すぐに恐怖が取って代わった。エイーナルはレオに殺されたのだ――ほかに説明がつかない。なかに入れろとドアを叩いている男は人殺しだ。

このままでは命が危ない。

エルラはとっさに屋根窓から脱出しようとしたが、うまくいくはずがないとわかってやめた。ここの屋根は勾配が急だ。窓から出られたとしても風にさらわれるに決まっている。

あの男は外にいる。急いで考えないと生きて逃げられなくなる。

手が濡れていた。エルラは自分が泣いていることに気づいた。いまエイーナルを悼《いた》んでいる時間はない――それはあとでいい。まず自分の命を救おう。けれど涙が止まらなかった。

ぴくりともしないエイーナルの首に指を押しあて、脈を確かめた。やはり、もう死んでいる。血の量を見ればわかることだったが、これで最後の望みも断たれた。だが、たとえまだ息があったとしても孤立無援の状態だ。外の世界に助けを求めることはできなかった。

立ちあがると急いで部屋を出て階段を下りた。手には燭台が握りしめられていた。また闇には陥りたくなかった。レオが押し入ってくるのは時間の問題だろう。なぜまだそうしないのか不思議なくらいだ。エルラの信頼を得て無駄な争いを避けようという考えなのか。だが、すでに人ひとりを殺しているのだから、エルラを見逃すとは思えなかった。

恐怖で放出されたアドレナリンのおかげで、エルラは確かな足取りで玄関に向かった。音はやんでいたが、まだそこにいるか確かめなければならない。「わたしになんの用?」声もしっかりと出た。

返事はなかった。エルラは不安になった。すると外で歯が鳴る音がした。

「なかに入れてくれ。お願いだ。すごく寒いんだ。まだ雪も降っている。話があるんだ」

「なんの話?」

「わかっているはずだ、エルラ」

　脈が飛び、一瞬、壁が迫ってくるように見えた。エルラは幻を見た。雪が消え、秋に戻っている。背筋が冷たくなり、全身に震えが走った。エルラは頭を振って幻を払った。

「わたしになんの用？」繰りかえす。

　レオが答える前に、エルラは気づかれないように急いで玄関から離れた。燭台をコーヒーテーブルに置いて火を消すと、キッチンの壁にかかっている鍵束を取りに行った。暗闇でも場所はわかる。そして脱兎《だつと》のごとく居間を駆け抜け、階段と寝室を通りすぎ、さっきまでこの悪夢から目が覚めることを祈りながら座っていた裏口まで戻った。

　エルラは必死に頭を働かせた。この状況ではアンナの家やその先の村まで歩いてはとうてい逃げ切れない。あの車でも、いくら頑張ったところで深い雪のなかを進むことはできない。

　エルラはおそるおそる裏口のドアを開けた。レオが先回りしていることも半分覚悟していた。恐怖であえぎながら外をのぞくと、幸いレオがいる気配はなかった。代わりに横殴りの風に見舞われ、冷たい雪が頭を越えて家のなかに吹き込んできた。思っていた以上のすさまじい嵐だった。停電したのも無理はなかった。

エルラは外に出ると静かにドアを閉め、鍵がかかったのを確認した。

これでもう後戻りはできない。

吹雪でほとんど何も見えなかったが、レオが近くにいる気配はなかった。きっとまだ玄関の前でなかに入れてくれと懇願し、エルラに話しかけているに違いない。エルラは地下室に下りる階段へ急いだ。そこで待機するつもりだった。地下室に窓はなく、ドアは厚くて丈夫だ。いざとなれば身を守るために使えそうな道具もある。何より缶詰やジャガイモといった食料がある。

エルラは慎重に階段を下りていった。足を滑らせてけがをすることだけは避けたい。そのとき突然脳裏によぎった光景は無視した。

暗闇のなかで手の感触だけで鍵束から鍵を見つけなければならなかった。焦りで泣きそうになりながらようやく探しだすと、もう一度後ろに誰もいないことを確認して、鍵を挿してまわした。

床をこすりながらドアが開き、目の前に漆黒の闇が現れて初めてロウソクもマッチも忘れてきたことに気がついた。

どうしよう。

一刻の猶予もないことを頭に置きながら選択肢を天秤《てんびん》にかける。家に取りに戻って貴重な時間を無駄にするか、この闇のなかで待つか。どちらも選べない。

もう一度落ち着いて考えた。レオがいつまでも玄関の前にいるとは思えない。そろそろ別の出入口を探しに来るはずだ。駄目だ、やはり危険は冒せない。

エルラは深呼吸をひとつすると地下室に足を踏み入れ、ドアを閉めた。

25

待ち構えていたのは新たな窮地だった。まったく何も見えない地下室の闇のなかで、エルラは命綱のドアノブにただしがみついていた。

暗いことはわかっていたが、頭でわかっているのと、実際に体験するのとはまるで違っていた。ドアノブから手を放したとたんに方向感覚を失いそうで怖かった。ドアノブを握っている限り、少なくとも出口はわかる。

子供の頃は暗闇が怖かったが、大人になってからは克服したと思っていた。ところがその恐怖心が息を吹き返していた。レオもここにいるんじゃないか、どういうわけか鍵を手に入れて待ち伏せしているんじゃないかという気がして嗚咽がこみ上げた。

けれど次の瞬間には冷静さを取り戻していた。レオがここにいるはずがない。そんなことは不可能だ。レオがここに先まわりするにはとてつもない速さが必要だったはずだし、階段の雪に足跡が残っていたはずだ。それとも足跡を見逃したんだろうか？ばかばかしい。エルラは深呼吸をした。ここにいるのは自分だけだ。ヒステリックになってはいけない。

　地下室には窓がなく、ふだんから閉めきっているので空気が淀《よど》んでいた。そのことに気がつくと、選択を誤ったのではないかと思いはじめた。こんなところにいたら閉所恐怖症に陥ってしまう。すでに発作の兆しが喉元に感じられる。しかもここは寒すぎる。いくら缶詰があっても、この気温では長くは生きられないだろう。

　ドアノブを握りしめている指が痙攣《けいれん》している。だが、こうして握っていればいつでも外に出られるのだからと自分に言いきかせる。何より怖いのは、まったく光の射さない地下室で方向感覚を失うことだった。

　いや、そんな恐怖はばかげている。真の脅威はレオだ。それを忘れてはならない。もしレオがこのドアをノックしたらどうする？　押し入ってきたらどうする？　いったいいつまでここに隠れていればいいのだろう。レオが立ち去るまでだ。でも、どこに？　レオも雪に閉じ込められ、ここから出ていくことはできない。

　遅かれ早かれレオと決着をつけなければならない。考えれば考えるほど、そうせざるをえないように思えてきた。

　だができる限り、それは避けたかった。

26

体を丸めて座った。背中をドアに押しつけ、少しでも暖をとろうと膝を抱え、闇をぼんやり見つめる。どれだけ時間が経ったのかわからない。まるで時間そのものが闇に迷いこんでしまったみたいだった。

風の音がしなくなった。嵐は収まったのだろうか。わかっているのは、いまのところ安全だということだけだ。レオがドアの向こうにいる様子はない。エルラがここに隠れていることをまだ知らないのだろう。裏口から足跡をたどられたらばれてしまうが、きっと吹雪が消してくれている。

ここに缶詰があることがわかっていながら、缶切りを持ってくるのを忘れたことに気づいた。これでは長期戦に持ちこめない。いずれ外に出て、夫の死とも向き合わねばならなくなる。屋根裏で血だまりのなかに横たわっているエィーナルと。

そのことに漠然とした恐怖は覚えるが不思議なほど落ち着いていた。あまりにも現実味がなく、理解できなかった。

レオがエイーナルを殺した？

本当にエイーナルの死体を見たの？

エイーナルと出会ったときのことはよく覚えている。十九歳でまだ子供だったというのに、エルラの将来はそのときに決まったようなものだ。エイーナルはとてもハンサムだった。田舎の青年らしい純朴なところも魅力だった。レイキャヴィークのホテル・ボルグのダンス・パーティーで出会って、すぐに夢中になった。一晩じゅう踊りながら、エイーナルはエルラに山や荒野、鳥や羊たちに囲まれた田舎の暮らしを絵に描くように語った。二十歳のエイーナルは僻遠《へきえん》の地で農場を存続させていくことの意義や、先祖が開拓した土地を受け継いでいく責任について真剣に語った。エルラはすっかり話に引き込まれ、そこで暮らす自分を頭に描きはじめた。

いま思うと不思議だが、あのときは地方に移住することに抵抗があるどころか夢中にさえなっていた。若さゆえの親に対する反抗心もあったのだろう。

親は案の定反対した。だがエイーナルのことは気に入った。あんな好青年だったのだから当たり前だ。彼の礼儀正しさや、本をよく読んでいることにも感心した。そういうところは確かに評価したが、親は繰りかえしエイーナルに都会の暮らしを勧めた。気分を変えて何か違うことをやってみたらどうかと。だがエイーナルの心は決まっているとエルラは最初からわかっていたし、考えを変えるように説得するつもりもなかった。いまとなっては皮肉だが、当時のエルラは農場への移住を心から望んだのだ。以来、エルラはこの農場との愛憎相半ばする関係を育んできた。どんなに逃げ出したくても、夫と娘を置いては行けなかった。三人は切れない絆《きずな》で結ばれていた。それにこの寂しい場所に後ろ髪を引かれる思いもあった。気がつくと、望まないままこの土に根を下ろしていた。変えられないものもある。おそらくここから逃げることはないだろう。孤独に苛《さいな》まれながらも、とっくにその事実を受け入れていた。

ここはエルラとエイーナルとアンナの家だ。家族はここにいる。そのことをないがしろにはできなかった。

エルラは目を閉じた。そうしていると闇を閉めだして、頭に浮かぶ光景を鮮明に目に映すことができた。

エルラの思いはあてもなくさまよった。また霧が降りてきて、現実と空想の区別がつかなくなった。冬は嫌いだ。なぜよりにもよってクリスマスイブに吹雪になるのだろう。アンナもこの雪で家から出られないに違いない。それともやはりレオに何かひどいことをされたんだろうか？　エルラはすぐにその考えを払いのけた。アンナは家で無事にいるにきまっている。娘がクリスマスイブにひとりでいると思うと耐えられなかったが、アンナは独立心が強くて、父親に似てなんでも自分でできる。何か美味しいものを作って食べているだろう。

この様子では嵐が収まるまで数日かかるかもしれない。アンナが農場に来られるまでは、ご馳走《ちそう》を食べるのはがまんしよう。ハンギキョートは後まわしになってもいい。あれは保存が利く。

アンナへのプレゼントは買ってあったはずだ。包装はしただろうか。エイーナルへのプレゼントは居間にある。それは間違いない。本だ。そして毎年エイーナルから贈られる小説もあった。それを手にするのが待ち遠しかった。

もしいま本が読めれば、もちろんそれには明かりが要るが、状況はずっとよくなるだろう。ほかには何も要らない。しばらく恐ろしい現実から逃れて、物語の世界に入りこめたらそれだけでいい。明日は二十五日だ。ゆっくり本が読める。どうせいつものように、今夜のうちに新しい本をこっそり読みはじめるだろうけれど。

地下室はとても寒かった。歯が鳴る音が止まらない。こんなふうにじっとしているからだ。体を動かせば少しは暖がとれるのに、この闇のなかで唯一の拠《よ》りどころであるドアノブから手を放すのが怖かった。目を固く閉じていても、静寂が威嚇してくる。何か楽しいことを考えよう。

エルラはまたエイーナルと出会った頃を思い返した。この家を初めて見たとき、エルラは心を奪われ、一生ここで暮らしたいと思った。エイーナルの両親には両腕を広げて迎えられた。そしてすぐに新しい家族と打ち解け、家族の一員として認められ、家事を担い、農場や動物についても学び、自然に囲まれた暮らしを享受した。そして冬がやってきた。その最初の冬にエルラは閉所恐怖症というものを初めて経験し、その影響を大きく受けるようになった。なんとかやりすごすためにわざと忙しくしたり、本のなかに逃げこんだり、エイーナルに助けを求めたりして気を紛らわせた。エイーナルはこの地方のことも、気象のことも、エルラの慰め方も知っていた。何もかもうまくいくと安心させてくれた。あれから数十年になるが、エイーナルはずっとエルラの面倒を見てくれた。そんな人から離れられるわけがなかった。見捨てることなどできなかった。

ここに来た翌年、アンナが生まれた。すぐに子供をつくる予定ではなかったものの、それは嬉しい驚きだった。小さな娘はたちまち両親や祖父母の生活の中心になった。最初のうちこそずっとここで暮らしていくことを思い描いていたエルラだったが、次第に娘だけでもここから出してやろうという決意を固めていった。だが、それは失敗した。

眠気が襲ってきた。こんな寒さのなかで眠ってしまったら二度と目が覚めないかもしれない。それとも、うっかり眠ってしまったのだろうか？　混乱したまま目を開けてみたが、何も変わりはなかった。もうひとつの、もっと悪い、現実の闇が見えるだけだった。

手足の指の感覚がない。こんなことをしていては駄目だ。エルラはこわばった体で立ちあがった。少し歩いたほうがいい。それで血行はよくなり、意識が散漫になるのを防げ、何より目を覚ましておける。壁に手を突いたまま、ドアからあまり離れないようにして、慎重に足を踏みだした。

エルラはエイーナルを待っているような気がした。どうしてそう思うのかはわからなかった。ここで待っていろなんてエイーナルが言っただろうか。こんな暗い地下室で。

ためらいながらさらに数歩進むと、何か柔らかいものに顔をなでられて思わず悲鳴をあげた。何かが揺れていた。両手で払いのけた。一瞬それが生きていると思い、また叫び声をあげたが、先週エイーナルが仕留めて地下室に吊《つる》してあったライチョウだと気がついた。しかし、そのときにはドアの場所はおろか、壁がどこにあるかもわからなくなっていた。闇のなかで完全に迷子になった恐怖で息もできなかった。しばらく立ち止まって興奮を抑えると、また歩きはじめた。すると今度は急ぎすぎたために何かに頭を打ちつけた。痛みに苦悶《くもん》し、頭に手をやると傷口から血がにじみ出ているのがわかった。

エルラは床にしゃがみ込み、目を閉じて、うめき声をもらした。世界がまわりはじめる。頭が混乱する。いったいここで何をしているんだろう。

エイーナルはどこにいるの?

どうして来ないの?

アンナはどこ?

エルラはどうしたらいいのかを必死に考えた。ここを出て、エイーナルを捜すべきだろうか。家のなかにいるに違いない。きっと居間だ。それか納屋かもしれない。たぶん餌をやる時間だ。ここにいることをエイーナルは知っているのだろうか。何か理由があってここに閉じこもっているのか、それとも出ようと思えば出られるのか、それさえもわからない。エルラはぼんやりした頭で、自分は脳震盪《のうしんとう》を起こしているのかもしれないと思った。

いまは動かないほうがいい。目を閉じたまま、ゆっくりと深呼吸をして、どこか別の場所にいるところを想像しよう。

今日がクリスマスイブだということだけはわかっていた。

そのとき音楽が聞こえてきた。教会の聖歌隊がラジオで歌っている『きよしこの夜』の甘い調べ――はっきりと聞こえる。

エルラは目を開けた。すると音楽が突然やんで、闇が迫ってきた。世界がまたまわりはじめ、吐き気がこみ上げた。エルラはなすすべもなく、暗い地下室で空気を求めてあえいだ。

エイーナルはどこ？　きっとすぐに来る。ドアを開けて、外に出して新鮮な空気を吸わせてくれる。何も恐れることはない。

エルラはしばらく震えながら待った。どのくらいそうしていたかはわからなかったが、また頭をぶつけないよう慎重に立ちあがると、足を踏みだした。息が苦しくて、外へ出ることしか考えられなかった。前に進んでは何かにぶつかり、迷路に入りこんだようだった。

両腕を前に突きだして出口を探った。これはなんだろう？　棚だ。そして何かの道具がある。と言うことはドアはこの反対側にあるはずだ。外に出ないと、外の空気を吸わないと。エルラは壁伝いに進んでいった。このまま行けばドアにたどり着く。

もう音楽は聞こえてこないのだろうか。どうしてあんなにはっきりと聞こえたのかわからなかった。何も理解できなかった。わかっているのは、外に出なければならないということだけだ。『きよしこの夜』は昔から大好きな曲だ。

エルラは立ち止まって、目を閉じた。するとまた歌が聞こえてきた。わけがわからないが嬉しかった。クリスマスの礼拝ならもうとっくに終わっているだろうし、もう夜も更けているはずだ。

明日の朝が待ち遠しい。こんなに恐ろしい経験をしたのだから、明日はのんびりと本を読んで過ごそう。その本はツリーの下でエルラを待っている。ハンギキョートも

あるし、ヨーラオールもある。チョコレートも一箱そのまま残っている。そう考えるとまた笑みがこぼれ、気分も落ち着いた。

またゆっくりと歩きはじめた。かじかんだ指が壁をかすめていく。もうそろそろドアに触れるはずだ。

そのとき男の声が響いた。「そこにいるのか？」続いてドアノブをつかむ音がした。誰かが入ろうとしている。だが内側から鍵をかけたことを思い出した。

　エイーナルだ。ついに迎えにきてくれた。

　三歩進んだところで指先がドアに触れ、そのままドアノブを握って鍵をまわした。

　エルラはドアを開けた。

27

十二月二十五日。

本来なら今日はフルダが一年で一番楽しみにしている日だ。掃除やディナーの準備で忙しいクリスマスイブが終わり、贈られた本を読んで静かにのんびりと過ごす。ディンマが自分で好きなようにしたい年齢になってからはさらにゆっくりできるようになった。ヨンでさえ仕事を休んでテレビの前で寝転がったり、新聞を読んだりして過ごす。

二十五日は神聖侵すべからざる日であり、家から出ずに、人との付き合いも避ける──元より招待されることもない。ヨンはひとりっ子だ。遅いときの子供だったので両親はもう他界しており、親戚もあまりいない。なので三人だけの小さな家族だ。三人はいつも互いを思いやってきたし、フルダはヨンとディンマの世話をするのは自分の役目だと思ってきた。けれど今年は何ひとつ思うようにいかず、その理由がフルダにはわからなくて途方に暮れていた。家族が崩壊していくようで、まるでディンマがフルダとヨンを引き裂いているようでもあった。もちろん世界は常に動いている。それはわかっている。物事は変わるものだ。だが、これは普通の変化ではない。ディンマの引きこもりは明白な説明がつかなかった。

いまフルダは祝日が終わるまでの時間を分刻みで数えているようなものだった。一刻も早く児童心理学を専門とするカウンセラーに電話をかけたかった。緊急時のための休日サービスのようなものがあるはずだが、ヨンと話し合ったあと、それは調べないことになった。クリスマスが終わるまでは家族でしのぐしかなかった。

この日、フルダは勤務に就いた。二十五日に重大事件が起こることはまれだが、それでも犯罪捜査部に待機している者は必要だ。だが仕事に集中などできない。頭のなかはディンマのことで一杯だ。もう二十四時間近く娘の顔を見ていない。大切なクリスマスイブのディナーも何度もテーブルに着くように言ったにもかかわらず、トイレに行く以外は部屋から出てこなかった。お腹を空《す》かせている心配はなかった。ヨンが食事をトレイにのせて運んでいたし、親の目を盗んで冷蔵庫に何か取りに行ったりもしていた。女の子とはいえあの年頃は食べ盛りだ。

いつもは昼に家に戻ったりしないのだが、今日は戻るつもりでいる。本当は許されないことだが昼休みを長めにとり、そのあいだ何も起きないことを祈るしかない。万一何かあれば自宅に電話をかけてもらえばいい。ここにいても無駄に時間を過ごすだけだ。まわりも閑散としていて気味が悪いくらいだ。

ガルザバイルの夫婦に電話をかけることを忘れたわけではなかったが、クリスマスの朝だと思うと気が進まなかった。どうせ捜査の進捗状況を聞きたいだけだろう。だがあいにく伝えられることはなく、これだけ日が経つと娘が生きて発見される可能性は限りなく低かった。それにひょっとしたら、娘は親との縁を切りたくて意図的に逃げているだけかもしれなかった。事情聴取から、娘は大学進学を一年先延ばしにしてアイスランドを一周する旅に出たこと、旅立ってから両親には断続的にしか連絡をとっていないことがわかっている。家庭内で親が認めたくないようなことが密かに起きていたとも考えられる。そして言うまでもなく、ひとり旅には危険が付きものだ。その娘がひとりで中央高原地帯《ハイランド》にハイキングや登山に行った可能性もなくはない。フルダのような経験豊富なハイカーなら身にしみてわかっていることだが、ハイランドは一年を通して危険と隣り合わせのようなところだ。それでも手つかずの自然に心の安らぎを求めて人は訪れる。

ほかにすることもないので事件ファイルを取りだし、行方不明の娘の写真を眺めた。きれいな子だ。赤い髪を長く伸ばし、一度見たら忘れられない目をしている。そのまなざしの奥に何か手がかりがないだろうかと思うときもある。この子は自分探しの旅に出た。友人や家族から距離を置き、結局跡形もなく消えてしまった。

そのとき突然フルダの目に浮かんだのはディンマのまなざしだった。あんなに明るくて無邪気だったのに、十代に入ってから青い瞳が曇るようになった。
またただ。仕事に集中しようとしてもすぐに気が散ってしまう。気がつくとディンマのことを考えている。ディンマの痛みを思うと、なぜヨンがあんなに落ち着いていられるのか理解できなかった。ヨンがたまには寝坊したがっていたのを知っていたので電話をかけるのは控えていたが、そろそろ十一時だ。さすがにもう起きているだろう。ヨンは仕事中毒だ。フルダは受話器をとったが、急に気が変わって昼休みを早めにとることにした。

外に出ると空気は冷たかったが、聖ソルラオクルの日に降った雪は消え、冬というよりは秋を感じさせた。大雪のなかをシュコダで走るのは心許《こころもと》ないので助かった。いつもならクリスマスに雪がないと寂しく感じるところだが、今日は娘のこと以外はどうでもよかった。

運転しているあいだも頭のなかは部屋に引きこもっている娘のことで占められていた。家が近づき、その先に平らに広がる灰色の海が見えてくるにつれ、仕事に出るべきではなかったと悟った。病気で欠勤すると一本電話をかければよかったのだ。どうせ仕事なんてできる状態ではなかったのだから。そう考えているうちに不安が波のように押し寄せてきた。

ガレージの前に車を駐めるとすぐに玄関に向かった。なぜかわからないが急がなくてはならない気がした。とにかく早くなかに入ってヨンとディンマの顔を見たかった。もう我慢するつもりはなかった。ディンマを部屋から引きずり出してでも親と話をさせる。あんな態度はとうてい受け入れられない。フルダは家族の生活を元に戻すために、最後の手段に出る決意をした。ベルを鳴らしたが返事はなかった。ノックをしても同じだった。コートのポケットに手を突っこんで鍵を捜したが、いつもより時間がかかった。やっと捜しだして、震える指で鍵穴になんとか挿した。ようやくドアを開けて家に飛びこむと、真っ正面に気まずそうに立っているヨンがいた。

「すまない、また寝入ってしまってね、気づくのに時間がかかった。すっかり眠りこんでいたようだ。今朝きみが出かけたときは起きていたんだが、本を持ってベッドに戻ったらこのざまだ。いったいどうしたんだろうな。こんなに寝坊するなんて」そう言って眠そうに目をしばたたいて微笑んだ。「ここのところ忙しかったし、いまはディンマのこともあるし、よほど疲れていたんだろう」

「気をつけなくちゃ、ヨン。あなたは心臓が悪いんだから。先生が言ったことを思い出して。ちゃんと薬はのんでるんでしょうね」

「ああ、もちろんだよ。ちゃんと気をつけている」

「ねえ……ディンマは起きてる？　部屋から出てきた？」フルダは恐れている返事が

返ってくるのを覚悟して訊いた。

ヨンは首を振った。「いや、ぼくが知る限り、まだ寝てる」

「起こしてみたの？」

ヨンは返事をためらった。「いや、チャンスがなくてね。それに今日はクリスマスだ。昨日の夜だって、何を言ってもうまくいかなかっただろう。あの子には時間が必要なんだよ」

フルダは靴もコートも脱がずになかに進んだ。「やめて、もうたくさんよ、ヨン」

「どういう意味だ？」

「言ったとおりよ。クリスマスだというのに毎日毎日こんな態度をとりつづけることを、そういう時期だからって大目に見るなんてできない。あの年頃の子がみんなそんなことしてる？　ねえ聞いて、ディンマはひとりっ子だから、わたしたちが思春期の子供と向き合うのは初めてだけど、それでも、これが普通だなんて思えない。普通のはずがない」

「落ち着くんだ、フルダ。一緒に解決しよう」ヨンはフルダの前に立ちふさがると、態度を決めたようにディンマの部屋に向かった。まずノックをしてからフルダに言った。「とりあえず様子を見てみよう。あの子にはぼくが話す。ぼくに任せてくれ」そしていま気づいたかのように訊いた。「仕事はどうしたんだ？」

「こんなときに仕事なんかできない。それから、これはふたりで解決していきましょう。あなたにすべての責任を負わせるわけにはいかない」

なかから返事は聞こえてこない。

ヨンはもう一度、さっきより強くドアを叩いた。

「ディンマ！　なかに入れてくれ。お母さんが仕事から帰ってきたよ」

「ディンマ、お願い」フルダが割り込む。「ドアを開けて。話をしたいの。話し合わなくちゃだめよ」

まだ返事は返ってこない。だがフルダの頭のなかではディンマの声が聞こえていた──話をしたかったのはずっと前よ。やっと気づいたの、ママ？　いまさら何言ってるの？

いままでにないほどの強い不安に襲われ、フルダは初めて心の底から怖くなった。ヨンを押しのける。「ドアを開けなさい、ディンマ！　開けなさい！」両手の拳で、娘とのあいだを隔てている薄いドアを叩きはじめた。またヨンは止めに入り、落ちつけ、様子を見ようと言うのではないかと思ったが、後ろに下がったままだ。おそらくヨンも事の深刻さがわかってきたのだろう。

「開けなさい！」フルダは拳が痛くなるほど力を込めて叩いた。もしかして夜中に家を抜けだしてどこかに行ってしまったんだろうか……でもどこへ？　ドアは内側から鍵がかかっているし、窓は抜けだせるほど開かない。あの子は部屋にいる。いるはずだ。じゃあどうして返事をしないの？

フルダは無意識のうちにドアを蹴りはじめていた。

「フルダ、ちょっと待て……」ヨンが腕をそっとつかむ。

「娘の部屋に入って何が悪いの」どんな反対も許さないことを声に出し、またドアを思いっきり蹴った。

「ディンマ、頼むから開けてくれ！」ヨンが大声で呼びかける。

反応がないと分かると今度はフルダを脇に押しのけ、ドアに体当たりした。だがびくともしない。ヨンは後ろに下がると、勢いをつけて体をぶつけた。開きはしなかったが手応えはあった。

もう一度体当たりすると、大きな音とともにドアが開け放たれた。

フルダは視界を遮っているヨンの前にまわりこんだ。

その瞬間、フルダの目に映った光景は想像を絶していた。最後に残っていた力をほぼ奪い取られ、フルダはあとに残されたわずかな力のすべてを使って、声を限りに叫んだ。

第二部　二カ月後、一九八八年二月

1

ディンマの遺体を発見してからの数日間は霧のなかに消えた。ヨンがドアを破った瞬間のことは覚えているが、そのあとのことは記憶から消されていた。それだけ心に負った傷が大きかったということだろう。警察官として恐ろしい現場は何度も見てきたというのに。

以来フルダはずっと放心状態にあった。それでもしばらくするとようやく現実に目を向けられるようになった。娘が自死に至るまでの出来事を振り返ったとき、自分の目がいかに節穴だったかに気づいた。そのあとの精神的苦痛は経験したことのないものだった。自分を責めては苦しみ、ヨンを憎んでは苦しみ、そのうちに家にいることが耐えられなくなった。外に出なければ、仕事をしなければ、何かしなければ……とにかく何かでこの地獄の苦しみの連鎖を断ち切り、つかの間の安息を得る必要があった。

そしていま、フルダは小さいながらもアイスランド東部最大の町エイイルススタジルに降り立った。犯罪現場で証拠集めをする鑑識官二名も同行している。東部に来ると天気は一層悪くなった。雪は深く、遠くに見える山の頂に覆いかぶさるように鈍色《にびいろ》の雲が垂れ込めている。乳白色の水を湛《たた》えた細長い湖は冬の空を映したように寒々しく、岸辺の黒い針葉樹の木立が異国のような景色を添えている。

空港で三人を出迎えたのはイェンスという中年の地元の警察官で、四輪駆動の大型のパトロールカーに乗っていた。フルダは他人に運転されるのが嫌いなので自分でハンドルを握りたかったが、イェンスが警部だとわかると助手席に移ってくれとは言えなかった。

オフロード車でも決して楽な行程ではないとすぐにわかった。湖を離れると樹木のない殺伐とした風景が広がっていた。道路は凍結し、町から離れるにつれ雪はさらに深くなり、減速を余儀なくされた。警部が沈黙を破ったのは、起伏の激しい丘陵に囲まれたひとけのない谷間を延々と走っているときだった。

「ここから農場までそう遠くはないんだが、クリスマスから雪でほとんど通行できなかったんだ。だから誰もあの夫婦には、エイーナルとエルラと言うんだがね、この二カ月会っていなかった。いつの間にか電話も通じなくなっていたもんだから、これは何かあったんじゃないかと様子を見にいったんだ。それで……まあ……」

それ以上聞く必要はなかった。フルダは現場の写真をすでに見ていた。自分が果たしてこの事件を担当できる状態にあるのか悩みながらここまでやって来た。おまけに同僚たちもフルダの精神状態に懸念を抱いていることが伝わってくる。さっきホットドッグとコーラを買いにガソリンスタンドに立ち寄ったとき、鑑識のふたりが何やらぼそぼそ話しているのが目に入った。表情から話題にされているとわかったが、何を言われているのかは神のみぞ知るだ。

どうせ同情されているのだろう。だからといって、うっかり警戒を解いてみせたら、情にもろい女はこの仕事には向いていないとみなされる。だがそれは大した問題ではない。クリスマスに起こったことに比べたら、つまらないことだ。それに、早く立ち直らないと二度と持ち直せないこともわかっている。フルダはそれをひとりでやるしかなかった。まだヨンと同じ屋根の下で暮らしているが、フルダの目にはヨンは死んだも同然に映っていた。

車内には気まずい沈黙が流れた。同僚たちはフルダの前でどう振る舞えばいいのかわからないのだろう。そうした態度にフルダはいらだちを感じた。いつ仕事に復帰するかは自分が決めることだ。この事件を引き受けたことが間違いだったとしても、それはフルダの問題だ。腫れ物にさわるような扱いには、それが善意の表れであっても我慢できなかった。被害者のような扱いには耐えられない。

雪が降りはじめていた。勢いはかなり強く、ワイパーに雪が溜《た》まっていく。「心配ない」警部はフルダの心を読んだかのように言った。フルダより十歳くらい上だろう。太っていて、声は低く、髪は細くて薄い。「わたしたちは慣れっこだ。これくらいなんでもない。クリスマスの頃とは比べものにならんよ」

後部座席のふたりが黙っているのでフルダはしかたなく、「そうですか」とおざなりに返した。

イェンスは先を促されたと受け取ったのか話を続けた。「わたしはこの事件は家庭内の問題が原因だったと見ている。もちろん結論を急ぎたくはないが、ほかに何かあったとは考えられない。とにかく死体を発見したあと、腕っぷしの強い若いのを二名送り込んで現場を確保させた。まったくこの寒いなかをご苦労さんだよ」話しはじめると止まらないようだ。「あの夫婦がどうしていままであんな農場にしがみついていられたのか、わたしには理解できんよ。いくらあそこで生まれ育ったからって、いまじゃあの谷に残った最後の農場だ。ほかはみんな見切りをつけて、とっくの昔に荷物をまとめて出ていった」

「そうですか」フルダはまたおざなりに返すと、イェンスが口を閉じてくれることを願った。

「あんなに長く辛抱できる人間がこの世のなかにいるなんて驚きだ。よっぽど頑固なんだろうな。エイーナルの家族は代々そうだったらしい。自然の力に屈することなく、死ぬまで戦いつづける決意でいたんだろう」イェンスはふと気づいたように付け加えた。「すまない。言葉どおりの意味で言ったわけじゃない」

フルダは黙っていた。先を促す気はなかった。

「金の問題かと思ったこともあった。移住する資金がないのかもしれないとね。土地を売ったところで、あんなやせた野っ原が高く売れるとは思えない。いまどきあんなところで農業を始めようなんて物好きはいないからな。それに家だって正直言ってかなりのぼろ家だ」

「あとで自分の目で見ますから」フルダは少しきつく言った。

「もちろん、そうしてくれ。あの一家に起きたことは悲劇以外の何もの――」

忍耐力が尽きかけた。事件についての考えは自分でまとめたい。警部の見解を聞く必要はなかった。「そろそろですか」フルダはイェンスの話を遮った。

「もうすぐだ」イェンスは答えると口をつぐんだ。沈黙を求められていることがようやく理解できたようだ。

＊

現場に入る前に頭をすっきりさせておくつもりが、ディンマとディンマの自殺のことばかり考えてしまった。遺体を発見したときの胸をえぐられるような思い、その後の朦朧《もうろう》としていた日々、ヨンに対する激しい憎悪……だが、フルダはヨンを罪に問うことはしなかったし、ヨンも罪を認めていなかった。永遠の問いがフルダを容赦なく襲った。どうして何もしなかったの？　どうしてこうなることがわからなかったの？

警察官のときのフルダと、妻や母親のときのフルダはまるで別人だと誰もが思うだろう。前者は常に我を通す厄介者だが、後者は従順で言いくるめられやすいお人好《ひとよ》しだ。要は臆病なのだ。あきれるほど臆病なせいで大切なものを失ってしまった。事態に真正面から取り組む勇気がなかった。もしそうしていれば、閉ざされたドアの向こうで起きていたことに気づけていたかもしれなかった。

「さあ、着いた」イェンスがことさら陽気に言った。

降りしきる雪のなかに一軒の家が姿を現した。アイスランドの伝統的な白漆喰《しっくい》塗りの農家で、盛り土の上にうずくまるように建っている。最初に建てられたと思われる部分は木造の平屋で外壁は波形鉄板で覆われている。比較的新しい増築部分はコンクリート造りで、屋根に窓が付いていることから屋根裏部屋があるのだろう。風で雪が飛ばされあらわになった赤い屋根はペンキを塗り直したほうがよさそうだ。それにしても寂しげな家だった。納屋まで人目を避けるようにくぼみにひっそりとたたずんでいる。家に向かって進んでいくと、傍らに錆びた緑色のオフロード車が駐められていた。家までまだかなり距離があるが、警部によると夫婦の車だという。

いくら自然を愛するフルダでも、ここまで人里離れたところに住もうとは夢にも思わない。冬はなおのこと、その寂しさが目に浮かぶようだった。ここに来る途中で見かけた家は一軒しかなかった。屋根も壁も青いここよりは新しくて住み心地もよさそうな家で、二キロほど戻ったところに建っていた。

パトロールカーが一台家の前に駐まっていた。イェンスがその横に車を駐めると、若い制服警官が玄関先に現れて手を振った。

フルダは真っ先に車を降りた。新鮮な空気を早く吸いたかった。長い移動で車酔いしたのか気分が悪かった。

イェンスがフルダのあとを追ってくる。何ひとつ見逃さないつもりのようだ。

「わたしが行く」イェンスは部下を押しのけて、フルダをなかに案内した。家のなかに入ると臭いで死体が長いあいだ放置されていたことがわかる。「旦那のほうは上だ」イェンスが言った。質素だが掃除の行き届いた玄関に入ると、その先に居間があった。フルダはしばらく足を止めた。居間の片隅に干からびたクリスマスツリーがあり、針状の葉が床に散らばっている。そしてツリーの下にはわずかだがプレゼントも置かれている。ということは、事件が起きたのはクリスマスの準備をしていた頃だ。

小さなサイドテーブルの上に本が積まれていた。本の背にラベルが貼ってある。図書館から借りてきたのだろう。本の横にコーヒーカップがひとつ置かれ、なかにまだ黒い液体が残っていた。大きいテーブルのほうにはふたつ置かれており、どちらも空っぽだった。フルダは居間に隣接した小さなキッチンをのぞいた。コンロの上に片手鍋がひとつ出ているが、それ以外はすっきりとしている。おそらくクリスマスのために片付けたのだろう。

居間に戻ると廊下を進んだ。ドアが四つと、屋根裏に上がる階段がある。「この上だ」イェンスは厳かに言った。

フルダはイェンスと階段を上がった。なるべく臭いを気にしないようにし、二カ月前に娘の遺体をこの目で見たばかりだということも考えないようにした。現場で吐き気を催して仕事に支障をきたしたことは一度もないが、いまはめまいを感じていた。氷河のまんなかでどっちを向いても雪がまぶしくて目がくらみそうだというのに、前方の氷床に入った亀裂がどんどん近づいてきてフルダを飲み込もうとしていた。

階段を上りきるとドアが三つあった。そのひとつが開け放たれており、イェンスはそこへ案内した。なかに入ると喉を締めつける臭いの原因が明らかになった。中年の男性が床に仰向けに横たわり、乾いた血の跡が大きく広がっている。凶器は見あたらなかった。

「エイーナルだ。さっき話した農場主だ」イェンスは短い黙禱《もくとう》のあとに言った。

「なるほど。これはひどいですね。もちろん、鑑識がこれから徹底的に調べますが」

「だが、あんたの目にもこれは殺されたように見えるだろう？」

まるで殺人事件であってほしいような口ぶりだった。この警部は大きな事件に飢えているのかもしれない。だがそれもフルダの勝手な思い込みだろう。こんなひねくれた見方をするのは年齢のせいだろうか。それともクリスマスにあんなことがあったせいか。

「事故ではなさそうですね」フルダは静かに答えた。何か恐ろしいことがここで起こった。それだけは明らかだ。

「下に戻ろうか」

フルダはざっと部屋のなかを見まわした。天井は低いが狭苦しい感じはしない。隅に古いソファーベッドがあり、その横に電気スタンドがのった小さなテーブルが置かれている。勾配天井の下に小さな本棚もある。床に死体が横たわっていることを除けばけっこう快適に過ごせそうな部屋だ。ゲストハウスでよく見かける部屋のように地味だが家庭的な趣があった。

　この人はここで何をしていたんだろう？

「ええ、戻りましょう。とりあえず必要なものは見ました。ところで他の部屋は？なかは見ましたか」イェンスに訊いたのは、鑑識が入る前に自分が入って証拠を損なう危険を冒したくなかったからだ。

「ああ、最初に来たときにそっちも見たが、ただの物置だったから、またドアを閉めたんだ。下には寝室が三つとバスルームがひとつある。誰かいないか確認のためにざっと見てまわったが、誰もいなかった」

「わかりました。詳しい調査は彼らがします」

　フルダはイェンスのあとについて狭い階段を下りた。

「さて、寒いがまた外に出なくちゃならない」

　フルダはまだ厚手のダウンジャケットも手袋も身につけたままだったが、玄関を出るとポケットからウールの帽子を取りだした。

「そこまで遠くに行くわけじゃない。その角を曲がって地下室に下りるだけだ」イェンスは言った。

「そうなんですか？」フルダは意表を突かれた。

「すまない、レイキャヴィークに送った第一報は少しわかりにくかったかもしれんが、もう一体は地下室にある」

フルダはイェンスのあとを追って、氷と雪が溜まってスロープのように滑りやすくなっている急な階段を下りた。窓のない地下室にはワット数の低い裸電球ひとつしか点いていなかったが、ほの暗い明かりでも中年の女性が壁にもたれかかっているのが見えた。

「エルラだ。エイーナルの嫁さんだ」

流血の跡はなかったが、なぜかさっきの現場よりも身の毛がよだった。薄暗い閉ざされた空間を目の前にすると、閉所恐怖症の息が詰まるような感覚が忍び寄ってきた。戸口を入ったところで足が止まり、フルダはそれ以上進むことができなかった。

「ここで何があったかはもちろんわからんが、暴行を受けたことを示す痕跡はいくつかある。頭部を強打されたか、絞殺されたか。まあ、それはすぐにわかるだろう」

「ここには夫婦ふたりしかいなかったんですか、あなたの知る限り」フルダはイェンスの推理を無視した。

「ああ、そうだ」

「外に出ましょうか、風に当たりに」

「確かに臭うな、そうしよう」イェンスはそう言って、鼻に手をやった。

「そのうちに慣れますけどね」フルダは階段を上がった。

ディンマのことは考えない、と自分に言い聞かせた。刑事のフルダとクリスマスに娘の変わり果てた姿を発見した母親は別人だ。このふたつを切り離さなければ、この仕事は続けられない。

気を紛らわせるために周囲の風景に目を向けた。雪はやんでいた。こうしてあらためて見ると、一面白く覆われた景色には凛《りん》とした美しさがあった。その穢《けが》れのない手つかずの風景は家のなかの凄惨な現場とあまりにも対照的だった。イェンスによると、納屋にいた羊が餓死しており、そこで目にした光景は家のなかに劣らず痛ましいものだったらしい。

「三人いたんじゃないですか」フルダは訊いた。

「三人？　いや、夫婦ふたり暮らしだ」

「そうじゃなくて、来客があったんじゃないですか」

「この時期にそれはない。それは問題外だ。誰もこんなところまで来ない」

「クリスマスでも？」

「なおのこと考えられない。十二月はたいてい雪で道路は通れなくなる。除雪車もこまでは来ないから、かなり長い距離を徒歩で移動することになる」

「では、まったく考えられないというわけじゃないんですね」フルダは慎重に尋ねた。

「いや、もちろんそうだが、それでも、夫婦ふたりだけだったとわたしには断言できる。確かに夏は客も来ていた。春や秋にも来ていたかもしれない。彼らは〝ファーム・ステイ〟とかいうこともやっていたんでね」

「それはどういうものですか」

「農場で働くことを条件に、若い連中をここに泊めてやっていたんだ。安い労働力として。古い人間のわたしとしては、まっとうなやり方とは思えんがね」

「わたしにはいいアイデアに思えます」フルダはためらうことなく異を唱えた。イェンスの言動にますますいらだちを覚える。だがそれも自分の精神状態のせいなのだろう。集中力が切れて頭が仕事を続けることを拒んでいる。

「ところで、なぜ三人いたと思うんだね」イェンスが訊いた。

「居間にコーヒーカップが三つありました」

「洗うのが面倒だったんだろう」

「まあ、それは指紋を採取したらわかるでしょう。ですが、キッチンはとても整理整頓されていました。そんな不精者だったとは思えません」フルダは言い返した。「それに、つじつまが合いませんよね。誰が誰を殺したんですか」

「いや、まあ、そうだな。もちろんあんたの言いたいことはわかるよ」イェンスはそう言ったが、フルダにはいま気づいたばかりのように見えた。そして「これはとんでもないことになった」とイェンスは眉をひそめた。

「エイーナルが妻を殺害したのなら、誰が彼を殺害したのか」フルダはたたみかけるように言った。

「まったくだ」

「エルラがエイーナルを殺害したのなら、誰が彼女を殺害したのか」

「まったくだ」イェンスは繰りかえし、顔をしかめる。「片方は自殺したんじゃないか？」

「もう一度家のなかを見てみましょうか」フルダは提案すると、返事を待たずに戻りはじめた。

少し遅れて追ってきたイェンスが訊いた。「だったら、そいつはどこにいるんだ？」

フルダは立ち止まって振りかえった。

「そいつはどこにいるんだ――もうひとりの、その三人目は？」

「いずれわかります。心配はいりません」声に静かな威厳を漂わせて答えた。本当は自分の仮説が正しいかどうかも、謎の訪問者の正体が明らかになるかどうかもわからなかったが、そんなことはおくびにも出さなかった。どんなときも信念は貫き通す。毎日職場でそう努めているように、自分は男性の同僚よりも優れていて、必ず結果を出せると信じ続けなければならなかった。

家のなかに戻ると不気味なほどの静けさが漂っていた。ごく普通の日常的な物でさえ、ここで起きたことを考えると不吉に見えた。三つのコーヒーカップは鑑識官が分析を進めるだろう。そして屋根裏へは戻るつもりはなかった。あの忌まわしい光景を二度と目にしたくはなかった。

一階の廊下に沿って部屋が四つあった。バスルームは七〇年代にタイムスリップしたような黄色と緑のタイルを使った内装で、敷物は少しかび臭く、棚にはオールド・スパイスの瓶が一本置かれていた。争った形跡はなく、洗面台にも血痕はない。

その隣りに主寝室とおぼしい部屋があった。大きなダブルベッドが置かれ、シーツにはしわが寄り、両側のナイトテーブルにそれぞれ読書用の眼鏡が置かれていた。ふたりはいつもここで寝ていたと思われた。

三つ目の部屋は予備の寝室のようで、シングルベッドと衣類用のタンスが置かれていたが、人がいた形跡はなく、ドアを開けたとき、長いあいだ使われていなかったような淀んだ空気の臭いがした。

四つ目の部屋も予備の寝室のようだったが、フルダはすぐに誰かがここにいたことを感じとった。部屋にはナイトテーブルと整理ダンスがあり、その上にたくさんの写真が並んでいたがそれらを見る余裕はなく、フルダの視線はベッドにくぎ付けになった。誰かが寝た形跡がある。枕がへこみ、シーツが乱れている。

フルダは後ろを振りかえった。イェンスはフルダの邪魔にならないように廊下で待機している。「ここで寝ていたんですよ」フルダは自分の仮説を裏付けるものとして、この情報をイェンスに伝えた。「ほら、誰かがこのベッドを使っている。第三の人物がここにいた証拠です。そうでないとベッドが乱れているはずがありません。どこもかしこもきれいに片付いているのに」

イェンスはうなずいたが、別の考えも頭をよぎったようだ。「夫婦が別々に寝ていたのかもしれん……でもまあ、あんたが正しいとして、そいつはいまどこにいるんだ？」

「それが問題ですね」

フルダは外に出た。イェンスもぴたりとついてくる。冷たい新鮮な空気で肺を洗う必要があった。吐き気を催す腐肉の臭いを消して、頭のなかから死者の姿を追い払うために。農場主、その妻……そしてディンマの……。

2

エルラは相手が誰かわかると衝撃を受けた。

心臓が止まって死んでしまったかと思った。正気に戻るとこれで終わりだと覚悟した。男は目に狂気を宿していた。仮面ははがれた。

エイーナルではなかった。

招かれざる客、レオだった。

エイーナルはどこ？

レオは無言でエルラの腕をつかんだ。その目には激しい憎しみだけでなく絶望が見てとれた。

エルラはエイーナルがどこにいたかを思い出した。屋根裏部屋で黒々とした血だまりに横たわっていた。そう、死んだのだ。あれは幻覚で夫はまだ生きていると思っていた。だがいま、それは間違いだったとわかった。

レオはエルラの腕をつかんだまま、引きずるように闇のなかへと進んだ。エルラはレオから身を隠すためにこの地下室に逃げてきたことを思い出した。鋤《すき》か何かを使って身を守ろうとしていたことも。

ところがこの肝心なときに力が出なかった。何がこの先起きても、エルラにはもうなすすべがなかった。

3

フルダは車に戻って助手席に座っていた。隣りでイェンスがエンジンをかけてヒーターをフル回転させている。

「誰かが夫婦と一緒にいたことを前提に捜査を進めていきましょう」フルダは冷静かつ努めて丁寧に言った。地元の警察官ならではの知識の恩恵にあずかるには、この男とうまくやっていく必要がある。

「まあ、そうだな」イェンスは慎重な口ぶりで答えた。

「最も近い隣人というと、ここからどのくらい離れているんですか。隣人の誰かが訪ねてきて……こういうことになった可能性はないでしょうか」

「隣人？　そんなものいないさ」イェンスは笑って答えた。

「というと？」

「ここから一番近くに住んでいるのは、わたしを含め、村の住民だ。この谷にあったほかの農場はすべてとっくに放棄されている」

「では、村から誰か来ていたとは考えられませんか」

「言ったように冬は誰もここには来ない。ひとりもだ。ここに来る用事もないし、夫婦は村の者とあまり付き合いがなかった。エイーナルとエルラは似合いの夫婦だった。なんて言ったらいいか、ふたりだけでうまくやっていたんだ」

フルダはイェンスの思い込みにいらだちを覚えた。「どんな可能性も除外はできません。例外は常にあります」とがった声で言い返した。

「もちろんだ、もちろんだとも……」

「それに問題の人物は車で来たのかもしれません……途中までは」

「そうかもしれないが、そこからは歩かなきゃならなかったわけだし、ここの天気は予測がつかない」

フルダはツリーやその下のプレゼントのことを考えていた。悲劇はクリスマスの少し前か、クリスマスのあいだに起きたに違いない。「クリスマスの頃の天候はどうでしたか」

イェンスは考えるまでもなかったようだ。「ひどい嵐だった。猛吹雪で視界はまったく利かなかった。村が停電したくらいだから、ここも停電していたはずだ。電気が復旧したのは十二月二十六日だったよ」イェンスはため息をついた。

「停電？　いつからだったか覚えていますか」フルダはここが真っ暗になった光景を

思い浮かべた。明かりが落ちたのは事件のあとだったんだろうか、それとも事件に闇が一役買っていたんだろうか。考えると背筋がぞっとした。

「ああ、もちろん覚えているとも。二十三日だ。最悪のタイミングだった。クリスマスイブの夕食を準備するのだって大変だったし、ラジオのクリスマス・メッセージもキャロル・サービスも何もかも聞きのがした。スーパーマーケットは電池やロウソクやマッチを買いにくる客のために、二十三日の夜は店を閉められなかった。電池は売り切れてしまったんじゃないか」

「それで嵐は？　嵐はいつ襲ってきたんですか」

「十二月に入ってからずっと天気は悪かったんだ。連日大雪だった。だが猛吹雪ってほどじゃなかった。それが猛烈な嵐に変わったのは停電とほぼ同時だった」

「そうした気象条件で、ここまで歩いてたどり着けるものでしょうか」

「いいや、絶対に無理だね」イェンスは確信を持った様子で答えた。「ありえない。警報が出ていたくらいだ。外はものすごい風で立っているのがやっとだったし、吹雪で何も見えなかった」

「それは二十六日まで続いたんでしょうか？　電気が復旧した日まで」

「そうだな」

「だったら、謎の訪問者は遅くとも二十三日にはここに着いていたはずですね」

「そうだな。でなきゃ、クリスマスのあとだ」

「その可能性はほとんどないでしょう。夫婦はその頃にはすでに死んでいたはずです。クリスマスのプレゼントが開けられていませんから」

「なるほど、そう言われてみればそうだ」イェンスは思いも寄らなかったようだ。

「そろそろここは引き上げませんか」フルダは訊いた。

「だが、鑑識の作業がまだ終わっていないじゃないか」

「彼らのことなら大丈夫です。あとで迎えにきましょう」

「どこか行きたいところでも？」

「謎の訪問者がクリスマスの数日前に来ていたとして、車を置いて行かざるをえなかった場所です」

「わかった、行ってみよう。道ばたに車なんか見なかったがな」

「注意して見ていたわけじゃありませんから」

「しかし、もう車なんかないんじゃないか。そいつは逃げたわけだから」

「そうですね。でも、車を駐めていた痕跡が残っているかもしれない。雪の下の凍った轍《わだち》とか」

「確かに。わかった。ちょっと彼らに行き先を伝えてくるよ」

出発してからしばらくふたりは黙って前を見ていた。イェンスは口を閉じておくことを学習したようで、フルダは何も言わずにすんだ。ところが数分もすると沈黙に耐えられなくなった。集中力が切れたとたんにディンマが待ちかまえていた。あの子を救えなかった、気づくのが遅すぎた。そう思うと身を切られるような、突き刺されるような痛みに襲われた。頭が割れるように痛み、娘の名前が頭のなかで響きわたった。それがあまりにも大きくなり、とうとう耐えきれずに、フルダは口を開いた。

「あなたは……ここにはもう長く住んでいるんですか」

「なに、わたしか？　生まれてこの方ずっとここだよ。何もないような村でも暮らし方のこつをつかめば楽しくて引っ越す気になんてならない。いつも何かで忙しくしているよ。趣味とかいろいろとね……」

趣味のことをもっと訊いて欲しそうな口ぶりだ。期待に応えてあげても害にはならないだろう。

「たとえばどんなことを」

「音楽に決まってるじゃないか」

「決まってる？」

「そう、わたしの歌は知ってるだろう」

フルダは何を言われているのか見当もつかなかったが、訊くのも気が引けた。

フルダが困惑しているのを見て、イェンスはきまり悪そうな顔で言った。「いや、すまない。あんたなら知ってるだろうと思ったんだ。自分で言うのもなんだが、たいていの人は知ってるから」そう言って七〇年代前半のヒット曲のタイトルを挙げた。確かによく知っている歌だ。

「あなたがあれを？」

「過去の栄光ってやつだ。元祖一発屋だ。でもいまだに歌ってくれって言われるんだよ」声をあげて笑う。「気の張らないパーティーなんかだと、いつも言われる。そんなときはリクエストに応じて、ギターを弾きながら歌ってやるんだ」

横にいる太った中年男を見て、ポップスターだった頃を想像するのは難しかった。だが困ったことにその歌が頭から離れなくなった。

「村のレストランとも取引みたいなものがあるんだ。いや、レストランというほどじゃない。ガソリンスタンドのカフェで、ハンバーガーとポテトを食べにいくような店だ。お客さんがそこそこ入っているときに歌うと、食事代をただにしてくれる」イェンスは楽しそうに笑った。「時間があればぜひ立ち寄ってくれ」

かつてのポップスターの告白が終わると再び沈黙が降りた。フルダは車窓の景色に目をやった。空には雪をはらんだ雲が垂れ込めている。冬の装いの山や谷が絵のように美しく見えても、ここに住みたいとは思わない。夏にハイキングに来るのはいいかもしれないが。

　そう言えば長いあいだハイキングにも行っていない。いま自分に必要なのは、山に行って自然のなかで傷ついた心を癒すことかもしれない。家に引きこもったり、仕事で自分を追いこんだりするのではなく。だが、それは後まわしだ。いまはまずこの事件を解決しなければならない。できれば手柄を立てて。

　イェンスの言葉を思い出した。「電話も通じなかったから、様子を見にきたと言ってましたよね。電話自体に問題はなかったんですか」

「いや、電話か回線に問題があるみたいだった。だが確認するのを忘れていた」

「あとでまた寄ってもらえますか」

「いいとも」

＊

「ここがたいてい通行止めになる場所だ」イェンスが車を駐め、ふたりは外に出た。

　フルダはゆっくりと一回転しながら、周囲に目を凝らした。

「ほら、あそこ」指を差して言った。「車がある。大型の四駆のようですね」車は道路から少し離れたところに駐めてあった。

「くそっ、あんたの言うとおりだ。全然気づかなかった。おかしな道を行ったもんだな……いや、待てよ……もしかしたら……」

「もしかしたら、なんです?」フルダは我慢できずに訊いた。

「こういうことかもしれない。わたしは冬によくここは通るんだが、雪が深くなると道路は普通ここで通行止めになる。ここから先は除雪されない。だがこのあたりに不案内な人間なら、左に迂回《うかい》すれば通行止めを避《よ》けて向こう側に行けると勘違いしてしまうかもしれない。ここは風で雪が吹き飛ばされて地面がむき出しになることがあって、オフロード車なら道からはずれても進むことはできる。だが、それはだまし討ちみたいなもんなんだ。われわれが捜している人物はたちまち窮地に陥ったはずだ。それは断言できる。きっとあそこで立ち往生してしまったに違いない」

ふたりは固い雪の上を足早に車に向かった。白い車だったので雪のなかでは見えづらく、すぐには車のメーカーを識別できなかった。イェンスのほうが早かった。

「ミツビシの車のようだな。わたしがずっと欲しかった車だよ」

自分はシュコダで満足していると思った瞬間に、フルダは驚いて白い車を二度見した。そしてイェンスを見ると、彼も同じことに思いあたったのがわかった。

「なんてこった! まさか……」

「ミツビシの白のオフロード車。信じられない!」もちろん登録番号を確認しなければならないが、偶然の一致とは思えなかった。

「信じられない」フルダは繰りかえす。「こんなことはまったく予想もしていませんでした」

4

待っていた。

クリスマスの日、行方不明の若い娘ウンヌルの親に電話をかけている余裕はなかった。朝は邪魔をしたくないという思いがあったし、昼休みに帰宅するとあの出来事が待っていた。

フルダに起きた悲劇を受けて、ウンヌルの親には同僚があとで電話をかけ直していた。ようやく再びニュースに注意が向きはじめたとき、フルダはあのときの電話の用件はなんだったのだろうとふと思った。そんなとき、ウンヌルの父親がクリスマスの直前に妻に黙って家を出て、行方不明になっていることがわかった。車も一緒に消えたという。クリスマス以来どんなニュースを聞いてもうわの空だったが、これは自分の事件だったので注意を引かれた。娘に続いて父親も失踪したとあって、少なからぬ騒ぎになっていた。すべての証拠は父親が自分の意志で出ていったことを示していた。犯罪を疑う根拠もなかった。フルダは自分なりの結論を出し、同僚もきっと同じ考えだろうと思った。娘の死に責任を感じた父親が自分がしたことに耐えられなくなり、みずから命を絶った。それが唯一筋のとおった説明だ。マスコミはこうしたことをあからさまには言わず、世間の臆測が収まるのを静観していた。これは家族の問題であり、深く追及するのは不適切だという総意があるかのようだった。

警察の捜査でもまったく足取りをつかめておらず、まるで大地に飲み込まれたようだった。フルダは車で崖から飛び降りたのだろうと推測したが、忌引きで休んでいたときだったので捜査には関わらなかった。いずれにせよ、父親の消息を見聞きした者はいなかった。いまに至るまで。

父親は白のミツビシの車に乗っていた。

そしてフルダはこんな人里離れたところで、それらしい車に遭遇した。

「例の車ですよね」フルダはすでに答えを知っていたが、声に出さずにはいられなかった。

「ああ、そうに違いない。クリスマスのすぐあとに白のミツビシを捜せと全国の警察署に指令が出た。わたしも念のために村を見てまわったのを覚えている。だがそのときは何も目にしなかったし、情報を聞いた限りでは父親がうちの管轄地域に現れるとは思えなかった。こんなところで見つかる理由なんかなかったんだ。いったいこんなところで何をしていたんだ？」

「わかりませんけど、おそらくは――」

イェンスが遮る。「娘と関係があるはずだよな」

フルダは車を見つめた。

ウンヌルの父親はいったいここで何をしていたんだろう?

「ええ、そうだと思います」フルダはしばらくして答えた。

「だが娘が行方不明になった場所は全然違っただろう」

「ええ、最後に親に連絡があったのはセールフォスの郊外からでした。確かにここは遠すぎる。これがどういうことか、わたしにはわかりません」

「わたしもだ……これでわたしは捜索が足りなかったと叱責を受けることになるな」

イェンスは憂鬱そうに言った。

イェンスを励ましている余裕はなかった。目の前の事件に集中した。いや、ふたつの事件に。なぜなら、これはウンヌルの失踪に関してやっと得られた手がかりに違いないからだ。

フルダは車の窓の雪を取りのぞくと、証拠に触れないように気をつけながら車のなかをのぞき込んだ。いずれきちんとした調査をする必要があるが、いまは車内に誰もいないことが確認できれば充分だった。ここで何があったのか一見してわかるようなものもなかった。

「この車に乗っていた男がクリスマスに夫婦と一緒にいたんだろうか」イェンスが訊

いた。

フルダは考える。「可能性はあるでしょうけど、その理由が見当もつきません。でも夫婦を訪ねる以外に、ここに来る理由なんてありませんよね」

「ああ、絶対にない。つまり、ここから農場まで歩いたことになる。距離はかなりあるが、視界さえ利けば行けないことはない」

「土地勘がなくても？」

「ああ、そう思う。この道をまっすぐ進めば農場のある谷の奥まで行ける」

「でも吹雪《ふぶ》いていたら、簡単に道に迷ってしまいますよね」

「そうだな。道に迷ったときに助けになるような目印もない。このあたりで旅人が行き倒れたなんて昔話はいくらでもある。幽霊話もだ。嵐が吹き荒れていたら、ここから歩くなんてわたしでも絶対にごめんだ」

フルダは思案に沈みながらパトロールカーに向かって歩き出した。イェンスもあとに続いた。

助手席に乗り込み、イェンスが運転席に座ると、フルダは口を開いた。「父親はこの辺のどこかにいるはずです……これが彼の車だとすると。農場にいる可能性はないですよね？」

「あそこにはいないだろう。父親が夫婦を殺害したと思ってるのかい」

フルダは言葉に詰まった。それが唯一理にかなった結論だが、声に出してそうとは言えなかった。ウンヌルの失踪の件で何度か会ったことがあるが、印象は悪くなかった。礼儀正しくて人当たりのいい弁護士で、娘を案じているまともな父親に見えた。そうなのだが……彼の物腰にはどこかフルダを不安にさせるところがあった。状況によってはどんなこともやりかねない、予測のつかない行動に出るような気配を感じた。実際に彼が自分の娘を、そして農場の夫婦を手に掛けたのだろうか。でもなぜ？　理解できない……。

「その可能性は除外できないと思います。彼が農場の事件に関与している可能性は」

「もちろん可能性は常にある……」イェンスは何かを考えているようで、フルダはイェンスが言い終えるのをイライラしながら待った。「……もう一軒の家にいる可能性も」

「さっき前を通りすぎた家ですか」

「そうだ、あそこは空き家なんだ」

「だとすれば……車をここに置きっぱなしにして何をしてるんですか」

「さあ、それはわからん」

納得はしなかったが、確かめる価値はあるだろう。

「いまから行って確認してみたらどうかと思うんだが」イェンスがためらいがちに訊

く。フルダはそのへりくだった物言いが気に入った。
「ええ、そうしましょう」フルダは力強く答えた。

5

青いペンキがはがれた壁と屋根、雪をかぶっていても荒れ放題なことがわかる庭。試しに玄関のドアを押してみると鍵はかかっておらず、フルダとイェンスはためらうことなく家のなかに入った。

最近誰かがいたような形跡はなかったが、家具や調度は揃《そろ》っている。居間にはソファーとひじ掛け椅子が、キッチンにはテーブルと食器がまだ残されていた。最後の住人はまた戻ってくるつもりだったように見える。

「このとおりの平屋だが地下室があったと思う。一応見てくるが、ここにいた感じはしないな」

フルダは黙ってうなずき、イェンスは視界から消えた。

妙な空気をまとった家だった。物言わぬ過去の目撃者とでも言うのだろうか、見ていたのはさほど昔ではないが最近でもない誰かの暮らしだ。どの面にもほこりが厚く積もっていた。

部屋を見てまわったが、どこも同じような印象だった。寝室にはシングルベッドがひとつ置かれていたが身のまわりのものはなく、ゲストハウスの空室のようだった。キッチンに戻って冷蔵庫を開けると、なかは空っぽでプラグも抜かれていた。ドアの横の照明のスイッチを押すと、意外にも明かりは点いた。ラジエーターも触れるとほのかに温かく、部屋を暖めるには不充分だが配管の凍結は防げるようになっている。この家に歴史があることは明らかで、それは興味深いものかもしれないが、好奇心は後まわしにしなければならない。いま優先すべきは、隣りの農場の夫婦に何が起こったのか、そしてウンヌルの父親である弁護士のヘイクル＝レオ——友人や家族にはレオと呼ばれている——がどうなったのかを突きとめることだ。

イェンスが無線で確認したところ、ミツビシの車はやはり警察が捜索していたものだった。この発見で事件全体が根底から覆された——どちらの事件もだ。農場の惨劇も、ウンヌルとその父親の失踪も。ふたつはどこかでつながっているはずだ。それを解明できればいいのだが。

「地下室は鍵がかかっていたが、力ずくで開けてやった。あとで修理させておく」イェンスは戻ってくると言った。

「何か見つかりましたか」

イェンスは首を振った。「なんの手がかりもなかった。まったくどこに行っちまったんだ」

「捜索をかけましょう」フルダは言った。捜索は時間との競争であることは承知している。痕跡が途絶えて久しいが、少しでも道を照らしてくれる可能性があるなら、かすかな残り火に再び命を吹き込むために全力を尽くさなければならなかった。フルダの関心は、秋から捜していたウンヌルを見つけることにも向けられた。まだ生きている可能性が少しでもあるなら、彼女を救わなければならない。

いや、少なくとも精一杯の努力をしなければならない。

6

旅を再開した初日、ウンヌルが行けたのはキルキュバイヤルクロイストゥルまでだった。

だがウンヌルは、アイスランド南部のふたつの大氷河、ヴァトナヨークトルとミールダルスヨークトルに挟まれた緑のオアシスに位置するこの静かな小さな町で、執筆に取りかかりたいとは思わなかった。求めているのはいままでにしたことのない経験だ。人里離れた辺境の地や、目に焼き付くような景色を探し求めて旅をすることであり、町や村に落ち着くことではなかった。いまウンヌルはガソリンスタンドの小さなカフェにいた。

ウンヌルを拾ってくれたBMWに乗った男はしばらくはこの先に進むつもりはないという。会社勤めをしているという気さくな中年のドイツ人で、アイスランドを訪れることが長年の夢だったらしい。道中はずっと話が途切れなかった。ウンヌルは人と出会って、その人の暮らしや人生について話を聞きたかったのでここまでの旅には満足していた。問題は次はどこに行くかだ。

バスに乗ろうと思うが、行き先がまだ決まらない。ただ、東に向かうことは決めている。西に向かえばセールフォスやレイキャヴィークに引き返すことになり、それでは負けを認めるようなものだ。そうではなくこのまま未知の世界へ進みたかった。

カフェは静かだった。奮発してコーヒーとサンドイッチを注文したが、どちらも美味しいとは言えなかった。それでもコーヒーは温かく、サンドイッチは喉を通ったのでよしとした。

隣りのテーブルにチラシと古い新聞が山積みになっていた。ウンヌルはまず新聞を手に取ったが相変わらずの政治論争にうんざりしてすぐに投げ出した。最近はニュースを見聞きするのを意図的に避けていた。世界で何が起こっているのかに関心はなかった。

新聞を脇に置き、チラシに目をやった。カラー印刷のものもあれば、白黒のものもあり、主に観光客向けの広告だった。下のほうに白黒コピーのチラシが一枚あった。その素人っぽさに惹《ひ》かれて手に取ると、食事と寝る場所と引き換えに農場で働くボランティアを募集する広告だった。

多くのアイスランド人と同じように、ウンヌルも子供の頃に農場で夏を過ごし、家事を手伝ったりして田舎の伝統的な生活を体験したことがあったが、この歳になってまたやってみたいとは思っていなかった。だがその広告は、見逃すのはもったいない絶好のチャンスに思えた。失われつつある暮らしを垣間見る《かいまみる》ことができる、まさに思い描いていたような経験ができるような気がした。しかも無料で食事と寝る場所が提供されるのだから願ったり叶ったりだった。

コピーに書かれた基本情報によると、農場へ行くにはまずバスに乗って東部の村まで行く必要があった。農場はその村からかなり離れているらしく、歩くには少し遠いが車で迎えにいくこともできるとあった。ウンヌルはすぐに歩いて行こうと決めた。きっと楽しいハイキングになるだろう。

チラシの下のほうに電話番号が書かれていた。事前に連絡せずにはるばる出かけていって、門前払いを食うのはばかばかしい。ウンヌルはチラシをつかむと、カウンターに向かった。コーヒーとサンドイッチをテーブルに置いてきたが、あれを盗《と》っていく者がいるとは思えない。

「すみません」ウンヌルはレジ係をしていた若者に声をかけた。

「はい」

「悪いけど、電話を使わせてもらえない？」

若者はあきれ顔で言った。「奥に公衆電話があるよ。ほら、あそこ……」そう言って左を指さす。「あの壁の後ろだ」

ウンヌルは百クローナ紙幣を取りだした。「じゃあ、両替してもらえる?」

若者はめんどくさそうに紙幣をつかむと、レジを開けて十クローナ硬貨を十枚よこした。

電話はすぐに見つかった。ウンヌルはチラシの番号に電話をかけた。

7

フルダはイェンスの執務室にいた。

警察署そのものが小さいのだが、こぢんまりとした部屋だった。しかし居心地はいい。棚には家族の写真が飾ってあり、全体にきちんと整頓されていて、机の上もフルダと違って書類雪崩は起きていない。生まれながらに几帳面《きちょうめん》なのかもしれないが、事件が少ないせいもあるだろう。

城に戻ってきたイェンスは玉座にゆったりと座り、フルダは硬い来客用の椅子に座っていた。立場が逆転したようだった。

マスコミが事件を嗅ぎつけて探りを入れてきた。国営放送の記者が電話をよこすと、フルダが介入する間もなくイェンスが対応した。フルダなら即座に〝ノーコメント〟と言っていただろう。だがイェンスは脚光を浴びて嬉しそうだった。それどころか五分の電話のあいだに実に多くの情報を相手に漏らした。幸いテレビの夜のニュース番組にはもう間に合わないが、ラジオの十時のニュースには間違いなく出るだろう。

フルダは明日の朝刊に間に合わないことを祈った。第一面に派手に書き立てられる前に考える時間が欲しかった。警察が他殺を疑っていることはさすがにイェンスも黙っていた。夫婦が遺体で発見されたことを認めただけだ。それだけでも大きな関心を集めるには充分だったし、こういう事件に関して、アイスランドのジャーナリストは捜査の利益を尊重してくれる。イェンスは今回の事件がヘイクル＝レオとその娘ウンヌルの失踪に関連している可能性についても触れなかった。

ふたりはいまイェンスの部屋で地元の捜索救助隊の隊長を待っていた。

外の廊下から物音が聞こえて振りかえると、引き締まった体の眼鏡をかけた男が戸口に現れた。三十歳前後だろう。フルダより十歳ほど若い。男は颯爽《さっそう》と部屋に入ってくると、手をこちらに差し出して自己紹介をした。「ヒョルレイフルです。この地域の捜索救助活動を担当しています」

「初めまして、フルダです。レイキャヴィークの犯罪捜査部から来ました。ある男を急いで捜索する必要があって来ていただきました」

「ええ、そのようですね。イェンスから電話で聞きました。クリスマスに失踪した男ですよね」小さな執務室に空いた椅子はなく、ヒョルレイフルは立ったままだ。

「そのとおりだ」イェンスが偉そうに答える。

「わかりました。協力させてもらいます」ヒョルレイフルはイェンスからフルダに視線を移して言った。

「いつから始められますか。人員を集めるのにどのくらい時間がかかります?」

「集めるのに時間はかかりませんが、いまは雪がかなり降っていますし、もう暗いですからすぐにと言うわけにはいきません。それに男が戸外にいたのなら、すでに遺体となっているわけですから一日二日遅れても変わりはないでしょう」

フルダは椅子から立ちあがり、ヒョルレイフルの目を見て訴えた。「いいえ急ぐんです。去年の秋からずっと捜していた若い女性の手がかりがついに見つかったんです。もし彼女が生きている可能性が少しでもあるなら……」

ヒョルレイフルはフルダの訴えに気圧《けお》されたようだった。

「わかりました。ただちにチームを組みましょう。その男が生きて発見されることを期待されても困りますけどね」

「生きていたら驚くでしょうね」フルダの声は落ち着きを取り戻していた。腰を下ろすと訊いた。「すぐに始められますか」

「夜間は無理ですが、明朝、夜が明けたらすぐに」ヒョルレイフルは抵抗をあきらめたようだった。「一応言っておきますが、天候が著しく悪化した場合は捜索は中止します。危険を冒すわけにはいきませんから」

「それはわかっているさ」イェンスが言った。

「では、もう失礼します。一刻の猶予もないようですから」ヒョルレイフルは皮肉っぽい響きを込めて言うと、部屋を出ていった。

「農場に戻りませんか」フルダはイェンスに向きなおると言った。何もせずにただ待っているのは落ち着かなかった。

「本気かい？　いまから行って今夜のうちにまた戻ってこなくちゃならないんだぞ。鑑識のふたりのことなら、仕事が終わったらうちの若いもんがちゃんと宿まで送るさ」イェンスが乗り気でないのは明らかだ。

「もちろん本気です。現場で進捗状況を聞きたいので」

朝から降りつもった雪のせいで、道はさらに悪くなっていた。フルダはこんな状況を知りながら捜索に出てもらうことに罪悪感を覚えた。

農場に着くと鑑識官はちょうど仕事を終えたところだった。現場資料を採取し、写真を撮り、捜査を進めるために必要な証拠は得られたという。

彼らはひとつ思いがけない発見をしていた。電話線の一部がわからないように切れており、何者かが故意に電話の接続を妨害したことが明らかになった。「専門知識がなくても、一分もあればできただろう」説明を求めたフルダに鑑識官は言った。また、コーヒーカップから採取された指紋から、この家に第三の人物がいたというフルダの推測が裏付けられた。

夫婦の遺体はすでに救急車で運び出されていた。捜索も朝にならないと開始されないことから、二台のパトロールカーは一緒に村に引き上げることになったが、フルダはその前にもう一度なかを見ておきたかった。

「少しなかを見て回ってもいい？」フルダが訊くと、鑑識官はうなずいた。

それは絵のなかに入っていくような不思議な感覚だった。もはや住む者のいない家の、かつてのくつろぎの空間であった居間は、二月だというのにクリスマスで時間が止まっていた。まるで家がそっくり異空間に陥ったかのようだった。どこもまだ人のいる気配がありながら、死臭が漂い、死神が最近ここで鎌を振るったことが嫌でもわかる。フルダはそのときの光景を想像した。夫婦はクリスマスの前にヘイクル＝レオとここに座っていたのだろうか。ヘイクル＝レオと夫婦はもしや親戚同士でもあったのだろうか。そうでなければ真冬にこんなところでレオはいったい何をしていたのだろう。

警察署で待機していたとき、ウンヌルの母親に夫の車が見つかったことをとりあえず知らせておこうかとも考えた。それを口実に妻から東部に親戚がいないか訊くこともできるだろうと。だが結局、捜索の結果を待つことにした。レオの妻を長い苦悩から解放するためにも夫の死亡をはっきり伝えられるほうがいいと思ったのだ。そしてもしかしたら娘の消息も同時に伝えられるかもしれない。予期せぬ進展がない限り、レオの妻に話を聞くのは早くても明日まで待たなければならない。

フルダは屋根裏部屋に上がる階段を通りすぎた。もう一度あそこへ行くのはごめんだった。行けば、クリスマスにディンマを見つけたときのことが容赦なくよみがえってくるに決まっている。

夫婦の寝室にもう一度入った。イェンスは夫婦が別々に寝ていた可能性もあると言った。予備の寝室のベッドにも使われた形跡があったからだ。だが、いまはイェンスの仮説は間違っていたことを裏付ける有力な証拠がある。この家にはもうひとり――ヘイクル＝レオがいたに違いない。夫婦がここで一緒に寝ていたあかしとして、フルダは読書用の眼鏡がふたつあることにも気づいていた。片方のナイトテーブルにはグラスと、その横にハルドル・ラクスネスの小説『サルカ・ヴァルカ』が置かれており、しおりの位置からするとあまりはかどっていないようだった。

ずいぶん寂しい部屋だとフルダは思った。何がそうした印象を与えるのかすぐにはわからなかったが、予備の寝室のタンスの上には写真があったことを思い出した。それだ。この部屋には家族の写真がないのだ。

フルダは夫婦の寝室を出て、ヘイクル＝レオが使っていたと思われる寝室に行った。家族の写真がすべて一カ所に集められていた。最初に部屋に入ったときは通りすがりに横目で眺めただけだった写真を丁寧に見ていった。なかでもまんなかに置かれた一枚のスナップ写真に好奇心をそそられた。エルラとエィーナルが写っていた。まだ三十代の頃だろう。若くて、はつらつとしている。そして夫婦のあいだにかわいらしい赤毛の十代の女の子が立っている……その女の子にフルダの目は吸い寄せられた。行方不明のウンヌルを思い出したのだ。ふたつの事件に関心を引かれていることを差し引いても、似ているところがあるのは事実だった。赤毛はもちろん、ほかにもいろいろ、よく似ていた。

写真の女の子はきっと夫婦の娘だろう。ふたりとも女の子に腕をまわし、写真の雰囲気から三人は家族にしか見えなかった。

だとしたら、この娘はいまはどこにいるのだろう？

そしてなぜ誰も娘のことを言わないのだろう？

＊

イェンスは外で吹き荒れる雪と風に打たれていた。

「ちょっといいですか」フルダは声をかけたが、イェンスは虚空を見ている。そばに寄って肩を叩くと驚いて振り向いた。

「訊きたいことがあるんです」

「すまん、聞こえない。なかに入ろう」

フルダはうなずき、ふたりは玄関のなかに避難した。

「寝室にあった写真を見ていたんです。夫婦と一緒に女の子が写っていましたけど、ふたりには娘がいたんですか」

「ああ、アンナだ」イェンスは即答し、顔を曇らせた。

「どこにいるんですか」

今度は答えるのに時間がかかった。「隣りの農場に住んでいた。さっき見にいった青い家だ」

「住んでいた？　じゃあ、いまはどこに？」フルダは青い家の部屋を思い起こした。主《あるじ》が急に出ていって、そのまま帰ってこなかったような家だった。

「死んだんだよ」イェンスは言いづらそうに答えた。

「死んだ？　でも……ずいぶん若くして亡くなったんですね」ディンマのことを考えまいとしたが、声が涙声になる。

「ああ、若かった。確かまだ二十歳だった。高等学校を卒業して故郷に戻ってきたばかりだった。だが実家には戻らないで、以前小作人に貸していたあの家に住みはじめたんだ。あのときは村はちょっとした騒ぎになった。おおかたの者は、娘はレイキャヴィークで違う人生を歩むものだと思っていた。ところが、こんな田舎に愛着があったらしくてね。そういう血が流れていたんだろう。戻ってきて間もない頃に会ったのを覚えているが、輝いていたよ。あの子はこの地に生涯をかけていた」

胸が詰まった。フルダの目にはディンマが見えていた。泣き崩れそうだった。涙を隠すには外に出て雪に紛れるしかなかった。それでも咳払いをして、声の震えを抑えた。「何が……アンナに何があったんですか」フルダには知る必要があった。

8

ウンヌルはこれまで味わったことのない解放感に酔いしれていた。鳥のように自由で、誰にも頼ることなく、持っているのはバックパックひとつ——そのなかに大切なものがすべて入っている。なかでも大切なのは筆記帳だ。執筆は順調に進んでいる。そして誰もウンヌルがいまどこにいるか知らない。両親にも次の行き先はまだ言っていない。急ぐ必要はなかった。両親からも一年の自由をもらっている。もちろん両親を愛しているが、この一年は自分の時間であり、ひとりでなんとかやっていこうと決めている。

ここまで来るのに数日かかった。キルキュバイヤルクロイストゥルからバスで南海岸に沿って漁港の町ヘプンに向かった。この道はアイスランドのなかでもひときわ壮大な眺めを誇るルートのひとつだ。南側には平らな海がどこまでも広がり、北側に目を転じると、アイスランド最大の氷河ヴァトナヨークトルののこぎりの歯のような峰々と、平原に向かって流れ落ちる氷舌が見える。外国人を合わせてもわずかなバスの乗客と一緒に、ウンヌルは氷河湖ヨークルスアウルロウンの青さと、その湖面にひしめき合う氷塊の美しさに驚嘆した。しかしどんなに素晴らしい景色であっても、それは冒険家ではなく観光客の経験でしかない。ウンヌルは人があまり行かないところへ早く向かいたかった。有名な観光スポットを巡る国道一号線《リングロード》を離れ、内陸のひとけのない谷へ。そこにはわずかな農家がまだ大地にしがみつくように残っているという。

ヘプンのユースホステルで一泊したあと、次は東海岸に沿ってバスの旅を続けた。氷河の山をあとにすると、フィヨルドとレイヤーケーキのような山が織りなす緑の風景が広がり、ようやく電話で聞いていた村に到着した。そこからは車を使わず、予定どおり歩くことにした。空は澄み渡り、稜線《りょうせん》も岩肌に刻まれた溝もくっきりと見え、手を伸ばせば触れられそうだった。徒歩では時間がかかったが、人も住まない木も生えない谷を、細いリボンのような道をたどって、たったひとりで歩きつづけるうちに精神的にも肉体的にもたくましくなった気がした。道端の岩に腰掛けて、携えてきたランチを食べた。すぐ目の前に険しい山々がそびえ、その下に緑の谷が延びている。静寂を破って聞こえてくるのはチュウシャクシギの鳴き声と小川のせせらぎだけだった。

バックパックが肩に重くのしかかりはじめた頃、ついに前方に家が見えた。心が弾んだのもつかの間、聞いていた家とは違うとわかってがっかりした。ウンヌルはさらに歩きつづけた。考えていたよりも距離があり、一歩踏みだすごとにバックパックが重くなり、足には水ぶくれができた。そして谷の終点で道を曲がると突然目の前に一軒の農家が現れた。白い壁に赤い屋根――電話で聞いていたとおりの家が見渡す限り何もないところにぽつんと建っている。文字どおり世界の果てにやって来た。めまいがするようだった。これこそがずっと探していたものだった。

ここなら求めていた安らぎと静けさが得られるだろう。昼間は働き、夜は誘惑に邪魔されずに本が書ける。テレビの電波も届いていないかもしれない。そうであってほしい。屋根を見るとアンテナは立っていなかった。
二、三週間。それが電話で農場の奥さんと話し合って決めた滞在期間だ。奥さんの名前はエルラといい、声や言葉遣いから、いい人だという印象を受けた。
ウンヌルは疲れた足で玄関の前までたどり着くと、なぜかノックをするのをためらった。引き返すならいまが最後のチャンスだ。気がつくとそんなことを考えていた。だが引き返す理由などなかった。ウンヌルは拳を振りあげドアを叩いた。

ドアが開くと中年の女性が出てきた。女性は突っ立ったまましばらくウンヌルを品定めするように見てから口を開いた。「いらっしゃい、エルラよ。どうぞ入って」

あとに続いて居間に入ると、テーブルの上にコーヒーカップと、その横に本が開いたまま置かれていた。

「あなたの部屋は屋根裏よ。階段はこっち」そう言ってから、思い出したように付け加えた。「ああ、そうだ。何か飲み物を出しましょうね。コーヒーでもどう？　車の音が聞こえなかったけれど、まさかずっと歩いてきたんじゃないでしょうね」

「いえ……それが、歩いてきたんです」ウンヌルは少し照れながら答えた。

「あらまあ。だったら何か飲んで少し休まないと。コーヒーは飲むでしょう？」そう訊かれると、ウンヌルは断れなかった。

「はい、いただきます」

「じゃあ座って。ポットに熱いコーヒーがあるの」

ウンヌルは素直に従って重いバックパックを下ろすと、ソファーに座って部屋を見まわした。使い込まれた古い家具、止まっている振り子時計、壁に掛かった素人っぽい風景画や有名な作品の複製画などを目に留めていった。どれも少しくたびれていて古ぼけて見えるが、全体的には居心地のいい部屋だった。

エルラはすぐにコーヒーを持って戻ってきた。

「はい、どうぞ。少し濃いめよ」また間があり、そして訊かれた。「ミルクとお砂糖はいる？　取ってくるけど」

ウンヌルは首を振った。「このままでけっこうです。ありがとうございます」

「疲れたでしょう」

「ええ、いい運動になりました」ウンヌルは答えると、猛烈に苦そうなコーヒーに口をつけた。

「いま主人はレイキャヴィークに行っていて、しばらくわたしひとりなの。だからやってもらうことはたくさんある。退屈している暇はないわよ」

「それはよかったです。いえ、つまり、することがたくさんあって」

「電話では本を書いてるって言ってたわね」エルラは話を続けながら、なぜかウンヌルをずっと見ている。

「ええ、書こうと頑張ってます。空いた時間に」

「そう。やってもらうことはたくさんあるけど、自由な時間もたくさんある。一日の仕事が終わってしまえば、ここじゃ特にすることもないから。夜に村に出かける予定でもあれば別だけど」エルラは微笑んだ。「何か没頭できることがあるのはいいわね。わたしはね、本を読むの」

　ウンヌルはうなずいた。

「とにかく、あなたの部屋はこの上よ。広くはないけど事足りるでしょう。いままで文句を言う人はいなかったから」

「ありがとうございます。寝るところさえあれば充分です」

「ならよかった。来てくれて嬉しいのよ。ここは寂しいところだから。主人が留守のときは特にね。あなたとは仲良くなれそうな気がする」

ウンヌルはうなずいた。

「食事は昔ながらの家庭料理よ。まあ、ただの田舎料理ね」エルラはまた微笑んだ。「だからあなたがふだん食べ慣れているものとは少し違うかもしれない……どこだったかしら、あなたの家は」

「ガルザバイルです。食べ物の好き嫌いはありません。きっとうまくやっていけると思います」

9

「十年ほど前だったはずだ」渋い顔でイェンスは言った。フルダはポケットに手を入れて暖をとりながらまだ玄関に立っていた。ドアは閉めてあったが、それでも冷たい風が入ってくる。寒さで体が震えた。

イェンスはしばらく考え込むそぶりを見せたあと話を続けた。「やはり十年前だ。彼らが娘を亡くしたのは」

フルダは黙って先を待った。まだ声を出すと泣いてしまいそうだった。

「わたしは人から聞いた話しか知らないが、それでも田舎じゃ、なんでも耳に入ってくるもんだ。さっきも言ったように、娘は学校を卒業すると戻ってきて、隣りの農場で暮らしはじめた。エルラはそのことにとても怒っていたらしい」

「なぜですか」

「うわさによると、エルラはなるたけ遠くの学校にアンナを行かせた。娘に都会で暮らしてほしかったんだろう。エルラはレイキャヴィークの出身だった。ここで幸せになるのは難しかった。それはしかたないと思うし、都会を離れたことをずっと後悔していたに違いない。だから娘には自分が逃したチャンスを与えてやりたかったんだろう。言っている意味がわかるかな」

「ええ」

「だがアンナは自分がどうしたいか知っていた。誰の指図も受けなかった。あの子は田舎の暮らしが好きだったんだ。ここで暮らしているわれわれのほとんどがそうであるように。だから戻ってきた」

フルダはうなずいた。

「だがエルラはここの孤独な暮らしも、冬も、闇も嫌っていた――口にしなくてもわかったよ。いつも冬が来る前に図書館に大量の本を借りにきた。司書のゲルズルが何度か言っていた。いまから刑務所に入る人に本を貸し出すような気分だってね」イェンスはまた考えるそぶりをした。「自分の娘にそんな生活をさせたくなかっただけだろうが、実際はそうやって娘の命を救おうとしていたってことだ。もちろんそのときはエルラ自身もそれを知る由はなかったんだが。言っている意味がわかるかな」

フルダはうなずいて見せたものの、イェンスが何を言っているのかわからなかった。

「エイーナルのせいですか」フルダは気がつくと口にしていた。

「エイーナル？」

「エルラは夫から娘を遠ざけようとしたんじゃないんですか」

「それって……？　なんてこった、そうじゃない！　エイーナルはそんなやつじゃなかった。絶対に違う」

フルダは目を伏せた。考えていたのはヨンとディンマのことだ。もしかしたら心の底で、エルラとエイーナルとアンナにまつわる話が自分たちと似ていることを望んでいたのかもしれない。こんな苦渋を味わっているのは自分だけではないと思いたかったのかもしれない。

「ある日、思いがけない不幸が襲った」イェンスは気が進まないのか、声を落として先を続けた。「やはり冬のことだった」そう言ってため息をつく。「ここの冬は長い。長いだけじゃなく、とにかく雪が多いんだ。あのときもクリスマスの少し前だった。ずっと雪が降りつづいていた」

そのときの状況を思い描くのは難しくなかった。玄関から外をのぞいて、少し雪を足した眺めを想像すれば充分だろう。

「そのときアンナはここにいた。天気がさらに悪くなって身動きがとれなくなる前に親に会いに来ていたんだ。それで何かの用事で地下室に下りたときに、氷で足を滑らせて、コンクリートの階段の角に頭をぶつけた。その場に親は居合わせなかったんだが、エルラがほどなくして見つけたようだ。アンナは意識を失っていたが、まだ生きていた。だが出血がひどかった。もちろんすぐに救急車は呼んだんだが……」

イェンスはそこで黙ってしまった。フルダは先を促さなかった。

「よく覚えているよ……」イェンスは遠くを見るような目で言った。「あのときエルラから聞いた一部始終を。ふたりとも娘を動かすのも怖くて、雪のなかにしゃがみ込んで、ただ死んでいくのを見ているしかなかったそうだ。長い時間だったらしい。ふたりで血を止めようとはしたんだ。電話で指示されたとおりにやって、ある程度はうまくいったらしい。だが充分じゃなかった。エルラが言っていた、何もできずに長い時間ただそこに座っていたって。問題は——」

フルダが代わって締めくくった。「雪で救急車が通れなかった」

「そのとおりだ。来るには来たんだが、先に除雪車を待たなくちゃならなかった。ヘリコプターも呼んだが、判断が遅すぎた。救急車がやっと到着したときには、アンナはもう死んでいた。何が痛ましいって、早く医者の手当を受けることができていたら、アンナの命を救うのは簡単だったんだ」

「つまり孤立がアンナを死なせた」フルダはつぶやいた。

「そうだ。エルラはずっとそう思っていたと聞いている。言ったように、エルラはこの生活に嫌気がさしていた。事故が起こる前からそうだったんだから、アンナが亡くなったあとのエルラの気持ちは想像できるだろう。それでもエルラはここを出ていかなかった。エイーナルのそばを離れなかった。変わってしまったがね。なんというか、ちょっとおかしくなった」

「どんなふうにですか」

「現実を受け入れるのを拒否していたようだった。家ではどうだったかは知らない。エイーナルはそういうことを外で話さなかったから。もともと口数は多くなかった。言葉よりも行動を大事にする男だった。女房のことを悪く言ったことがない。だがエルラは村にやって来ると、アンナがまだ生きているような話をしていったらしい。図書館でも商店でも、そういう話を聞いた。今日はアンナが訪ねてくるとか、アンナが来るから足りないものを買いにきたとか、そんな話をしていたそうだ。村の者もエルラが気の毒で話を合わすしかなかったようだ。エルラにとっては、アンナは死んでいなかったんだろう。頭のなかにある別の世界と現実の世界を同時に生きているようだった」しばらくしてイェンスは訊いた。「そんな彼女を誰が責められる？」

フルダは警察官として冷静に、客観的に話を聞こうとしたが、イェンスがアンナの話をするたびにディンマが目に浮かんだ。そして聞き終わったいまフルダの頭を占めているのは、自分もエルラと同じように壊れていくのではないかという恐怖だった。頭の片隅に引きこもってしまうかもしれない。たとえ短い時間でも、クリスマスのあの瞬間からずっと影のようにつきまとっているこの耐えがたい痛みから逃れるためなら。

10

ディンマの葬儀の記憶は、霧に包まれている部分とあまりにも鮮明な部分とがあった。忘れてしまいたい反面、覚えておきたいという思いの表れなのだろう。あれはこれまでの人生で最もつらい一日だった。天候も共感したのか、朝から身を切るように寒く、断続的に雪が降り、荒々しい風が吹いていた。明日で一年が終わるという日に予想できることではあったのだが。フルダはその二日前に牧師に会って、共に娘の人生を振りかえったが、途中でつづけられなくなり、打ち合わせは早々に終えた。教会には通っていなかったので、それまで牧師には会ったこともなかった。娘の葬儀を仕切っていたのも知らない人だった。それも別に気にならなかった。すべてがどうでもよかった。

牧師はしかるべきときに弔辞を述べたが、何を言っていたかフルダは覚えていない。ろくに聞いていなかった。気がつくと自分の葬儀ではどんな弔辞が述べられるのだろうと、そんなことを考えていた。

隣りにはヨンが座っていたが、ふたりは目に見えない壁に隔てられていた。ディンマの死の責任はすべてヨンにある。ふたりともそのことは知っている。ヨンが娘にしたことは言葉にはできない。とうてい許せないことだった。

ディンマに遺書を残してほしかったと考えることがあるが、遺書がなかったことに安堵もしていた。もしあったら、両親を厳しく糾弾するものであったに違いないからだ。父親は罪を犯し、母親は自己満足に浸っていたと。

棺《ひつぎ》が土のなかに降ろされたとき、フルダの涙で足元の雪が溶けた。

フルダの心の悲鳴に応えるように風が吠え猛《たけ》っていた。

11

午前零時近くになっていた。フルダとイェンスはパトロールカーで再び村に戻る途中だった。雪はまだ降っていたが、雪の質が変わったおかげで道は走りやすくなっていた。

ウンヌルはまだ救えるかもしれない。フルダは自分に言いきかせていた。とにかくそう信じることが必要だった。

この先に待っている夜が怖かった。夜は最もつらい時間だ。夢にうなされ、何度も目が覚めたとしても、眠れたらまだましだった。ひと晩じゅう寝返りを打ちながら朝まで悶々《もんもん》とすることもある。それは正気を失いかけるときでもある。

そんな夜が刻々と近づいていた。現場に残って、イェンスと時間をつぶしながら新たな情報を待つほうがよかった。そのほうが少し居眠りもできて充電できるかもしれない。

「まだ何があったか考えているのかい」イェンスの声が、エンジンの音と窓に叩きつける風の音に混じってかろうじて聞こえた。

まだ明らかになっていないことが多いのは事実だ。現場にあった証拠から判断して、第三者が夫と妻の両方を殺害したことはほぼ間違いないだろう。家にもうひとり誰かいたことは立証されており、それがヘイクル＝レオだった可能性は高い。そうでなければ、彼の車があんなところに放置されていた説明がつかない。わからないのはレオに何が起きたのか、そしてどんな理由があってクリスマスを目前に控えた時期に、わざわざ国を横断してまでこんなところまでやって来たのかということだ。

ウンヌル。

ほかの理由は考えられない。レオは娘を捜してやって来たに違いない。

でもなぜここに？

ウンヌルは農場の夫婦と何か関わりがあったのだろうか。失踪後の捜査でそれらしい情報は出てこなかった。捜索は徹底して行われ、考えうる限りの手掛かりは追った。

いいや、つながりなんてないはずだ。夫婦の娘がウンヌルと似ていたという奇妙な偶然を除いては。それとも偶然ではなく、ふたりは血縁だったのだろうか。

こんな時間だが、村に戻ったらウンヌルの母親に電話をかけて訊いてみよう。彼女なら自宅から六百キロ以上も離れた東部の人里離れた農場に夫が行った理由について、何か心当たりがあるかもしれない。それに彼女には、夫の車が発見されたことを知る権利もある。

フルダは小さなゲストハウスのベッドに座っていた。通された部屋は清潔だったが、暖房費を節約しているのかずいぶん寒かった。

電話帳でウンヌルの母親の電話番号はすでに調べてあった。心の準備をすると、思い切って電話をかけた。耳元で呼び出し音が延々と鳴ったあと、女性のかすれた声が聞こえてきた。

「犯罪捜査部のフルダ・ヘルマンスドッティルです」何度も会っているのでフルネームまで言う必要はなかったが、きちんと名乗った。

「フルダ？　どうも……」

唾を飲み込む音が聞こえ、フルダはその意味を察した。

「深夜に申し訳ありません。ご主人の……車が見つかりました」

「車が？　主人は……主人も見つかったんですか」

「いいえ、それはまだ。明朝一番に捜索を開始します」

「どこに……どこにあったんですか」涙で声を詰まらせている。

「東部です」フルダは場所の詳しい説明をした。

妻は明らかに当惑していた。「でも……どうして……いったいそんなところで何をしていたんです？　わけがわからない」

「おふたりともこのあたりに縁はないんでしょうか。車が見つかったのはエイーナルとエルラという夫婦が所有する農場の近くです。この名前に聞き覚えはありませんか」

「わたしたち、東部には家族も親戚もいません。その人たちのことも……耳にしたことはありません」

「それを聞いて参考になりました。いろいろ調べているのですが、ご主人の車はクリスマスの前から、そこにあったようなんです」

「それでウンヌルは……何かわかりましたか」

「いまのところウンヌルがここにいたことを示すものはありませんが、もちろんその可能性についても調べています」

「そうですか……わかりました。またあなたに電話してもかまいませんか」

「ここの村の警察署にかけていただければ連絡はつきますが、何かわかったらすぐにお知らせします」フルダは妻に電話番号を伝えた。

「わかりました……ありがとう」ため息が震えていた。

「では、これで失礼します。進展があれば必ずご報告します」

横になって目を閉じたとたんにディンマが現れた。

今夜は一睡もできないだろう。けれどひとりではない。ウンヌルの母親もまた国の反対側でつらい時間を過ごすことになる。

12

思っていたとおりほとんど眠りに落ちることなく、フルダは早朝、ベッドサイドの電話に起こされた。

「フルダ？」イェンスだった。「起こしたんじゃなきゃいいが、実は農場の家の裏手で妙なものが見つかった。捜索隊が偶然見つけたんだが、雪の下から鋤《すき》が出てきた。誰かがそこを掘っていたように見える」

「掘っていた？　なんのために？」

「いま調べているところだが、カチカチに凍っているから誰が掘ったって深くは掘れなかったはずだ」

「死体を埋めようとしたんじゃないですか」フルダは訊いた。

「あるいは何かを掘り起こそうとしたか」イェンスの声が沈む。「覚えているかな、フルダ、地下室の隅に鋤が乱雑に積みあげてあっただろう。ほかの道具はきちんと片付けてあったのに。あれは誰かが慌てて一本取った拍子に、残りの鋤が倒れてしまったように見えた」

フルダは沈黙した。新たな展開が理解できなかった。まだ全体像は分からないが、こうした断片的な証拠をすべてつなぎ合わせられれば見えてくるだろう。

13

外はもう暗くなっていた。夏のあいだはずっとどこかに行っていた闇が、秋になると憂鬱なくらい早く戻ってくる。ウンヌルは相変わらず屋根裏部屋で執筆にいそしんでいた。目指す方向に進んでいるのかどうかよくわからないが、いつでも修正はできると思うと安心できた。まだ誰かに読ませるつもりはない。どうせいま、この家にはふたりしかいない。エルラの夫のエイーナルはまだレイキャヴィークに出かけたままだ。

「アンナ」エルラの声だ。「アンナ、コーヒーが入ったわよ」

ウンヌルは戸惑った。知らないうちに誰か来たんだろうか。

「アンナ?」また呼んでいる。さっきよりも大きな声で。

様子を見にいこうと立ち上がったものの、足が前に出なかった。聞かなかったことにしよう。この家にはほかに誰もいないはずだ。

エルラがまた呼んだ。「アンナ、来ないの?」

ウンヌルは部屋を出て階段を下りた。するとエルラが待ち構えていた。

「屋根裏なんかで何をしていたの」エルラが困惑したように微笑む。「ちゃんと自分の部屋があるでしょ」コーヒーが入ったカップを持つエルラはまったく普通に見えた。

背筋に冷たいものが走った。

「エルラ……わたしは……」

「まあいいわ。さあ、ケーキを食べましょ。トランプでもしない？　冷蔵庫に入っているコーラもお父さんが帰ってくる前に飲んでしまわないとね。あれ以上お腹が出たらみっともないから」そう言うと、またさっきの笑みを浮かべた。

14

ウンヌルは脱出をあきらめた。少なくともいまはやめておこう。エルラが怖かった。目がぎらついて、何をするかわからない異常さを感じる。なぜかウンヌルをアンナと呼びつづけ、ウンヌルが「アンナなんて知らないし、自分の名前はウンヌルで家はガルザバイルにあり、アイスランドを旅してまわっているのだ」と説明しようとするたびに興奮して癇癪《かんしゃく》を起こす。

ある朝、ウンヌルは部屋の外からドアが施錠される音で目を覚ました。

「アンナ、あんたを行かせるわけにはいかない」エルラは何度もそう繰りかえした。いまウンヌルはエイーナルが救ってくれるという希望にしがみついている。エイーナルという人が実在しているなら、その人が戻るまでエルラを怒らせないのが一番だ。食事とトイレに行くときは部屋を出られるが、すむとナイフで脅されながら屋根裏に戻り、また鍵をかけられる。

こんなことはもちろん計画にはなかった。生涯の思い出となるはずの冒険が一転ホラー映画に変わった。だがすぐに立ち直り、こんなことに負けてはいられないと思った。強くならなきゃ。そして猛烈な勢いでペンを走らせ、小説を書き進めた。最後には何もかもうまくいくと自分に言い聞かせていたが、本当は怖くてしかたなかった。エルラが次にドアの鍵を開けたときに隙を突いて逃げようかとも思うが、逃げきれる自信はなかった。ここから村までは一本道だが、エルラはたくましい農家の女だ。追いつかれるに決まっている。助けを求められる隣人もいない。まだ秋だというのに空は灰色に変わり、冷たい雨が降りつづいている。こんな周囲に何もない荒野にあてもなく飛び出したら、のたれ死にするおそれもある。

ウンヌルはもしもの場合に備えて両親に手紙を書くことにした。筆記帳にはまだ白紙のページが残っている。旅のあいだ定期的に手紙を出すつもりだったので封筒も持っている。手紙を書き終えると封筒に入れ、エルラに見つからないことを祈って棚の本のあいだに隠した。恐れていることが現実になっても、その手紙だけはいつか両親に届くかもしれない……。

15

フルダはゲストハウスの食堂で鑑識のふたりと朝食をとった。イェンスは三人の横でブラックコーヒーを飲んでいる。四人ともときおり事件について意見を述べる程度で口が重かった。農家の裏庭から何が出てくるかフルダにはほぼわかっていたが、言葉にしたとたんに現実になりそうで口にしたくなかった。

「そろそろ出かけるか」イェンスが特に急ぐふうでもなく言った。すでに八時を過ぎており、フルダが電話で起こされてから一時間以上が経っていた。ちょうどそのとき受付で電話が鳴った。自分たちにかかってきたかもしれないと思うと気がめいった。

現場に戻るのは気が進まなかったが、フルダはイェンスにうなずいた。「ええ、出発しましょう。ヘイクル＝レオの捜索は始まったんですか」

「始めているはずだ。裏庭も掘っているだろう」

「イェンス、あなたに電話です」いつの間にかゲストハウスのオーナーが後ろに立っていた。

「わたしに?」イェンスは音を立てて椅子を引き、テーブルを離れた。フルダは座ったままだったが、声は聞こえた。

イェンスはすぐに戻ってきた。

「裏庭で死体が発見された」

フルダは黙っていた。次に何を聞かされるかはわかっている。

「彼らは行方不明の女性と見ている。ウンヌルだ」

フルダを絶望の波が襲った。

まだウンヌルは救えるかもしれないという希望を抱いていたが、それは幻想に過ぎないと頭のどこかでわかっていた。それでもこの知らせはクリスマスの悪夢の繰りかえしのように思えた。

誰かがウンヌルを殺害した。それは確かだ。だが犯人が誰であれ、すでにその代償を払っている気がした。

農場に到着すると、女性の体に死因と見られる外傷があることを知らされた。

雪はいっこうにやむ気配はなく、風がさらに強まり、長く立っていられないほどだった。

朝の光のなかだと、家は昨夜とは違って見えた。それでもフルダは、できることなった。

ら家のなかに戻りたくはなかった。遺体と浅い墓穴に案内された。周囲の雪が土で汚れていた。風雪から守るため、遺体は家のなかに運びこまれた。

ウンヌルはこの数カ月、ずっと墓標のない墓に横たわっていた。誰も想像だにしなかった場所に。

フルダは昨年の秋にもっと何かできたのではないかと思い返していた。草の根を分けて捜したと言えるだろうか。それともずっと無駄なことをしていたのだろうか。捜査が始まったとき、ウンヌルはすでに死んでいたのかもしれないのだから。

いずれにしてもウンヌルの父親レオがここに来ていたということは、何か見落としていた手がかりがあったに違いないのだ。

いったいレオはどうやってここを知ったのだろう？

やはりレオは娘の死に関与していたのではないだろうか。いまの段階ではそれしか考えられなかった。

「どんどん悪い方向に向かっていく。こんなことは初めてだ。わたしのところじゃな」イェンスは車のなかで冷えきった体を温めながらつぶやいた。

救急車でやって来た医師は、ウンヌルの死亡時期は夫婦とはまったく異なると所見を述べた。夫婦よりもかなり早かったはずだという。より正確な時期については解剖の結果を待たなければならなかった。とりあえずフルダはヘイクル＝レオがエイーナル、エルラ、そして自分の娘の三人全員を殺害したというシナリオを除外した。いずれにせよ、その考え方はばかげていた。論理的に考えれば、レオは娘を捜しに来たに違いないのだから。

家の裏の菜園に鋤が放置されていたことも考慮に入れなければならない。誰かがそこを掘ろうとして失敗したのは明らかだ。鋤ひとつでは固く凍った地面に歯が立たなかっただろう。

フルダの頭のなかで徐々に全体像が見えてきた。アイスランドを一年がかりで旅行する予定だったウンヌルはこの人里離れた農場を偶然見つけたのだろう。そのときはなんの疑いも持たず、のんびりできると思っていたはずだ。

イェンスの話を思い出した。夫婦は農場で働くことを条件に、ときどき若者に食事と部屋を提供していたと言っていた。しかし、なぜかウンヌルの場合は悲劇的な結末を迎えてしまった。

「かわいそうに」フルダは長い沈黙のあとにつぶやいた。

「ミツビシに乗っていた男は娘を捜しにやって来たってことだな」

フルダはうなずいた。

「そしてその結果が血の海か」

「おそらく夫婦はウンヌルの居場所を父親に言おうとしなかったんでしょう。あるいは……」フルダはそこでしばらく考えると、ひとり言のように先を続けた。「夫婦はウンヌルを殺害したことを認めて、あの場所をレオに教えたのかも……そんな話を聞かされたら、誰だって何をするかわからない。イェンス、まったく普通の人間でも……自分を抑えきれなくなることはあるでしょう」

16

「エルラ、あの子に何があったのか話してくれ」レオは言った。声から恐怖と絶望が伝わってくる。

だがずっと恐怖を感じてきたのはエルラのほうで、現にいまも怖くてしかたがない。「なに……なんのこと？」言葉がうまく出てこない。また忌まわしい霧が頭のなかに立ち込め、頭の整理がつかない。

「なんのことかわかっているんだろう、エルラ。いいかげんにしてくれ！　あの子を見つけなきゃならない！　言うんだ、言ってくれ、エルラ！」

エルラは棒のように突っ立っていた。体が固まって動けなかった。レオが手を放すと少し後ずさりはしたが、もうなすすべがないことはわかっていた。追い詰められて檻《おり》に入れられた動物みたいなものだ。

「あれは……ご主人のことはどうしようもなかった。あんなことをするつもりはなかった」

「エイーナルは死んだ」エルラは乾いた声で言うと、涙が頬を伝うのを感じた。レオに向けて言ったわけではなかった。起きたことを自分に思い出させ、現実と妄想を見分けるために声に出して言う必要があった。エイーナルは死んだ。それは現実だ——いまはわかっている。そしてアンナ……アンナも……死んだ。まるでベールを取り払ったかのように、突然すべてを思い出すことができた。涙はふたりの死を悼んで流れたものだった。

「そうだ。だが事故だったんだ、エルラ。あんなことをするつもりはなかった。彼がナイフを持っていたから怖くなった。動転してしまったんだ。本当に刺されると思った……あんなこと、一度もしたことはなかった。あれは正当防衛だ。正当防衛だったんだ……」

エルラは気が抜けたようにうなずいた。何を言ったところでアンナとエイーナルはもう戻ってこない。

それよりもいまは自分がしたことの結果と向き合わなければならなかった。記憶がはっきりしているうちにこの男の質問に答えておいたほうがいい……なぜならいま急に何もかもよみがえってきたからだ。もう真実に向き合うしかなかった。

「あなたが捜している子って、ウンヌル？」

「ああ、やっぱり！　そうだ、うちの娘だ。捜しているんだ。どこにいる？　知っているんだろう？」

「ここに来たわ、働きに」

「知っている。娘が手紙に書いていた。だがその手紙が着いたのは二日前だった。ご主人が屋根裏で見つけて投函したと言っていた手紙に違いない」

エルラはうなずいた。「そうね。わたしは知らなかったけど。そんなこと考えてもみなかった……」

「あの子に何があった？」

「エイーナルは知らなかったのよ。彼を殺す必要なんてなかった」

「あれは事故だ、本当だ！」

「わたしもあの子を傷つけるつもりはなかった。わたしは――」

レオの手が再びエルラに伸びた。今度は喉をつかまれた。レオの指が締めつけてきてもエルラは抵抗しなかった。むしろその痛みを喜んで受け入れた。これ以上向き合いたくない、あんなことには……。

「エルラ、教えてくれ、あの子は生きているのか」

意識を失いかけたとき、レオと目が合った。するとレオの目に希望の光が射し、喉をつかむ手が少し緩んだ。

だがエルラは、その光を消した。「いいえ、死んだ。ごめんなさい」

指に再び力がこもった。

「わたしはあの子に出ていってほしくなかった。あの子はわたしを置いていこうとしたのよ、レオ。またアンナはわたしを置いていこうとした」

「アンナって誰だ？　何を言ってるんだ？　どうしてウンヌルがそのアンナなんだ」

レオはエルラが答えられるように手を緩めた。

「アンナはわたしの娘」つぶやいた声はかすれていた。「ウンヌルはまるで死んだアンナの代わりにわたしのところへ送られてきたみたいだった。ふたりはとてもよく似ていた。わたしはアンナが戻ってきたんじゃないかって、本当にそう思った。もう一度チャンスが与えられて嬉しかったけれど、実際何が起きているのかよくわかっていなかった。あのときエイーナルはいなかった。わたしはここにひとりでいると何がなんだかわけがわからなくなるときがあって……それで彼女を娘のアンナだと思い込んだ。それなのに、ここを出ていくって……」声がうわずり、だんだん細くなると泣き声に変わった。「またわたしを置いていこうとした。でもあの子を二度と失うわけにはいかなかった。あの子を手放したくなかった」エルラは息を継いだ。「気がついたらあんなことになっていた。争ったことは覚えてる。気がついたら死んでいた。あの子は死んで、またわたしの元を去っていった。血が流れていたような気がするけど、ぼんやりとした記憶しかないの……バックパックは湖に捨てた。図書館に本を借りにいったときに……」

レオはまた指が震えるほどの力を込めてきた。エルラは息を詰まらせながら言葉を継いだ。「あなたがあの子を捜しにきたことはわかっていた。あなたが来たときに気づいた。全部葬ったつもりだったのに、また思い出すのは耐えられなかった……」

「娘はどこだ？　どうして殺すなんてことができた？　よくもそんなこと……」レオは声を詰まらせ、最後の言葉は涙でかすれていた。「あの子はどこだ？」

「裏の菜園に埋めた。そうするしかなかった。エイーナルに知られたくなかったから」

喉にかかっている指にさらに力が加わった。意識が遠のいていく。

もう終わりだ。

17

捜索救助隊のオレンジ色の制服を着た若い男が、雪煙を上げてパトロールカーに向かって走ってくるのが見えた。フルダは男に気づいていないイェンスを軽くつつくと、助手席のドアを開けて外に出た。

男は息を整えると、興奮した声で言った。

「彼を……見つけました。いや、見つけたと思います」

レオの妻にどう伝えたらいいのだろう。それがフルダの頭に真っ先によぎったことだった。夫と娘がふたりとも死んで見つかったのだ。

考えるだけで恐ろしくなった。もうこれ以上悲劇や遺族の悲しみに対応する自信はなかった。

「死体で?」フルダは一応確認した。

「えっ? ああ、もちろん。男性の死体です。案内します。農場からそう離れていないので道に迷って方角を間違えたんでしょう。同じところをぐるぐるまわっていた可能性もある。不案内な人にはよくあることです」

イェンスも車から降りていた。

「案内してくれ。後をついていく」イェンスの声が頼もしく聞こえた。

フルダは目を細めて降りしきる雪を見た。捜索隊が一緒だからいいものの、ひとりだったら農場に戻れなくなっていたところだ。どちらを向いても視界は白一色に塗りつぶされている。こんな状況では簡単に道に迷ってしまう。きっとヘイクル＝レオもそうして死んだに違いない。

見ず知らずの地で猛吹雪に見舞われ、独りで死んでいったのだ。

二件の殺人を犯したことがきっと心に重くのしかかっていただろう。

遺体は雪のなかに横たわっていた。そばにリュックサックがあった。

家で待つ妻のことを考えると悲劇だが、生きていたら殺人犯として起訴されていた。

ウンヌル失踪後のつらい時期にあった夫婦に何度も会ってはいたが、ヘイクル＝レオはフルダにとって他人同然の男だ。それなのにもっと心の深いところで彼をよく知っていたような気がした。レオの亡骸《なきがら》を見つめていると強くこみ上げてくるものを感じた。レオは言葉では表せない悲劇に見舞われ、気がつくとこんなむごい事件を引き起こしていた。そして場所の見当はついていながら、娘を見つけることなく命を落としてしまったのだ。

　ふたりもの人間を手に掛けていたとしても、フルダにはこの亡骸が冷徹な殺人鬼のものだとは思えなかった。

　人生はそんな単純なものではない。善と悪の境界線は明確に定められているわけではなかった。


「見せたいものがふたつ、いや三つある」鑑識官がフルダに言った。ヘイクル＝レオの死体はさらなる調査、分析のためにリュックサックと共に運び去られ、フルダたちはいま農場の家のなかに座っていた。夕方になると天気は少しましになり、風はまだ強かったが雪はやんでいた。

「リュックサックから血液が付着したナイフが見つかった」鑑識官がビニールの証拠品袋に入った凶器を見せた。

「これがエイーナル殺害に使用されたナイフである可能性が高いということね」フルダは言った。

「もちろん調べる必要はあるが、状況から間違いないだろう」鑑識官は答えた。

　フルダはうなずいた。

「彼はこの家の鍵束も持っていた」

「それで三つ目は？」

「これだ」鑑識官はもうひとつ証拠品袋をフルダに渡した。「この手紙だ。きっと参考になる」

18

大好きなパパとママへ

わたしはいまとてもおびえています。パパとママのところへ帰りたい。

この手紙がふたりに届くことはないかもしれないけれど、ほかに伝える方法が思いつかなくてペンを執りました。書き終えたらここにある本のあいだに隠しておこうと思います。

そして、これを持って生きて外に出られることを祈っています。

わたしはいま監禁されています。この農場に住んでいるエルラという名前の女に。

わたしは東部にいます。キルキュバイヤルクロイストゥルのガソリンスタンドで見つけたチラシを同封します。それにこの農場への行き方が書かれています。周囲には誰も住んでいないし、その女は頭がおかしいの。

わたしはそこの屋根裏部屋に閉じ込められています。

女はわたしをアンナと呼んで、わたしを部屋から出そうとしません。理由はわからない。わたしは何も悪いことはしていないのに。

パパとママがわたしの旅に反対なのはわかっていたのに、耳を貸さなかったことをいまは後悔しています。逃げたいけれど逃げられない。逃げたら殺すと脅されているから。女はわたしを失いたくないと言っています。

パパとママがこの手紙を読むことはないだろうけど、こうして書いていると少し落ち着きます。ふたりがすぐ近くにいて、なんとかして救い出してくれるような気がします。

19

ここだ。家の裏手の雪の下から菜園らしきものが現れた。

娘を捜しに出たとき、見つからないのではないかという不安もあったが、それ以上に娘の死を知ることになるのが怖かった。それでもレオには真実を知る必要があった。

妻もそうだった。ウンヌルが失踪して以来、ふたりはほかの話をいっさいしなくなった。何が起こったのかなんとしても知りたいと思っていた。

最悪の事態を恐れるよりも知るほうがいいとふたりで確認しあっていたが、いまはそれが正しかったのかどうかわからない。ウンヌルがただ死んだのではなく殺されたと知ると、その事実があまりにも恐ろしくて頭が働かなくなり、どうしたらいいのかわからなかった。足もとが突然崩れて、まるで自分が別人になった気がした。善良だったはずの人間を絶望が変えたのだ。手紙が届いたとき、目を疑った。事務所で人と顔を合わせるのがつらくなって、家で仕事をするようになっていた。手紙が郵便受けに入ったときも家にいた。クリスマスの直前のことで、現実とは思えなかった。

最初、ウンヌルは元気でいるのだと思った。これで悪夢は終わった。何か理由があって連絡を絶っていただけで、こうして無事を知らせてきたじゃないかと。すぐに職場にいる妻に知らせようと電話に駆けよったときに、手紙の日付が目に入った。時が止まった。気が遠くなり、全身の力が抜け、先を読むことができなかった。だが思い切って読んでみると、それは助けを求める手紙だった。しかし、ウンヌルはそれを書いたとき、投函するすべを持たなかったのだ。

ウンヌルはおびえていた。レオは手紙を何度も読み返し、エルラという女に対する怒りと憎しみを募らせていった。日付は初秋で、娘から最後に連絡があったのはその少し前だった。以来、消息は途絶えていた。

エイーナルが何気なく口にした話で合点がいった。夏に滞在していた若者が置き忘れていったらしい手紙を投函したという。それがウンヌルの手紙だったのだ。エイーナルに罪はなく、ウンヌルが自分の家に居たことすら知らなかったのだとあれでわかった。

手紙を読み終えるとレオはウンヌルをすぐに捜しに行くことにした。よく考えようともしなかった。いまとなってはあのときの決断が身の破滅を招いた。すぐに警察に行くべきだったのに、リュックサックを出し、念のために狩猟用のナイフも入れた。どんな迎え方をされるかわからなかったからだ。方位磁石と現金も入れた。

ウンヌルは農場への行き方が詳しく書かれたチラシを同封していた。準備ができると車に乗って、アイスランドを西から東へと横断する暗く長い旅路についた。妻には何も言わずに出てきた。もっともこのところはふたりとも口が重くなり、ほとんど会話もなかった。

いま振りかえると、いったいどうしてこんなことをしてしまったんだろうと思う。ひとつは妻をぬか喜びさせたくなかった。あとひとつは、農場の女にどうしても仕返ししてやりたかったからだ。断じて許せなかった。いまもそれは変わらない。言葉ではこの憎しみの強さはとても表現しきれない。もはや抑えようがなかった。

旅は風が強かったにもかかわらず思いのほか順調だった。制限速度を破りつづけ、前に繰り出される道を命がけでひたすら東に向かった。あるいは警察に止められていればよかったのかもしれない。そうすれば警察に行き先を告げざるを得なくなり、正気を取り戻していただろう。

だが、まるで道中のすべてが後押ししてくれているかのようだった。何時間も怒りと希望に駆られながら、長い冬の夜を徹して前に進みつづけた。氷河を望むひとけのない原野を越え、たまに現れる農場の灯りを横目に見ながら走りつづけるうちに、東部らしい雪が降りだして速度を落とすことを余儀なくされた。日の出が近づいており、分岐点に着く頃には灰色の夜明けを迎えていた。それまでまずまずだった道路の状態もリングロードを出たとたんに悪くなった。その道もやがて雪の吹きだまりに塞がれて、愚かにも迂回しようとしたら車が立ち往生してしまった。そのあとは徒歩で進むしかなかった。車を降りたときの風の強さに衝撃を受けたが、装備は充分整えてきたし農場までの道もだいたい把握していた。あとは道路脇に設置されている誘導ポールをたどっていけばよかった。だがそれは思っていたほど簡単ではなかった。ポールの間隔は広く、おまけに降りつもった雪が強風で巻き上げられ、吹雪のように視界が悪かった。

天気がさらに悪くなっていたら道に迷っていただろう。無事にたどり着けたのは幸運だった。最初に見つけたのは別の家だった。はじめはそれが捜している農場だと思ったが近づいてみると空き家で、思ったほどまだ歩いていなかったことがわかった。

農場にたどり着いた頃には疲れている振りをする必要もなくなっていた。道を曲がって目の前に現れた一軒家は雪景色に窓の明かりが映え、クリスマスカードの挿絵のようだった。けれどもレオは知っていた。この家で何か恐ろしいことがあったのだと。

ウンヌルがまだ生きているのかどうかわからなかった。だから、ここに来た理由を明かす前に、この家の主《あるじ》に慎重に近づいて探りを入れなくてはならなかった。対決の前に。だがうっかり本名を名乗ってしまった。ミドルネームだが、いつも呼ばれている名前だった。それでもうまく切り抜けられたのは、娘の父称がレオスドッティルではなく、ヘイクルスドッティルだったからだろう。

エルラは最初から怪しんでいた。あの人でなしはなぜ見知らぬ男が突然やって来たのか見当がついていたに違いない。遅かれ早かれ自分が犯した恐ろしい罪が暴かれることがわかっていたのだ。そのエルラにずっと監視されていたので、手がかりを求めて家のなかを探しまわるのは難しかった。それでも夜中になんとか屋根裏に忍びこみ、ウンヌルが泊まっていたと思われる部屋を見つけた。だが、そこにはもう誰もいなかった。それまで泣いたことはなかったのに、涙を抑えきれなくなった。娘は死んだのだとわかった。来るのが遅すぎたと。

夫のエイーナルがどういう男なのか見極めるのはさらに難しかった。夫はウンヌルに起きたことを知っているのだろうか。この家で秋に何があったのか、知っているのだろうか。ごく普通に見える、居心地のよさそうな家だった。居間にはクリスマスツリーが飾られ、その下にはプレゼントも置かれていた。ラジオの音がノイズ混じりに聞こえる、昔ながらのアイスランドの田舎の家だった。夫婦に語った作り話は出まかせもいいところだった。仲間とはぐれたがまだ誰も捜していないだろうとか、ほかに家は見なかったとか……次々と愚かなミスを犯した。電話を借りたいと言って電話線を切ったのは、状況を把握し、証拠を探す時間が必要だったからだ。

そのあと、すべてが急展開した。

気がつくとウンヌルと同じ部屋に閉じ込められていた。おそらくエイーナルが何かを知ったか、うすうす感じはじめたせいで、妻を守るための行動に出たのだろう。力まかせにドアを破ろうとしたが、娘よりはるかに強い力をもってしてもドアはびくともしなかった。正気を失った女に囚人のように監禁されて娘がどんな気持ちだったかを考えると、怒りが激しさを増していった。そしてエイーナルがナイフを手に部屋に入ってくると、一気に暴力の渦が巻き起こった。ナイフを奪い取ろうとして取っ組み合いになった結果は悲惨なものだった。だが幸い自分は無傷ですんだ。エイーナルの運命に対して自責の念はまったく感じなかった。確かに人を殺しはしたが正当防衛だ。それに自分の娘がこの家で殺されているのだ。

すべてが現実とは思えなかった。血も床に倒れている男も。しばらくそこに突っ立ったまま、冷めた目でエイーナルの命が消えていくのを眺めた。

われに返ると階段を駆けおりエルラを捜した。だが見つからなかった。エルラを追い詰めるのに相当な手間と時間がかかったが、最後は告白を引き出すことができた。そしてなぜあの女がウンヌルを殺すに至ったか、その不条理な理由を知った。それは精神に異常をきたした者がとった行動だった。ウンヌルとエルラの娘は似ていた。ただそれだけのことだった。

泊まった部屋に少女の写真があった。あれがおそらくアンナだったのだろう。似ていたというのは本当だった。実際、驚くほどよく似ていた。燃えるような赤い髪に、目元もそっくりだった。

地下室で頑丈そうな鋤を見つけ、地面を掘り返そうとしたが、まったく歯が立たなかった。いったいどのくらいこうしていたのだろう？　寒さと疲労のせいで時間の感覚がすっかり無くなっていた。ウンヌルを見つけだすことしか頭になかった。だが、これでは無理だ。もっと使える道具を探すか、人手を借りるしかない。警察を呼ぶべきなのかもしれない……。

だがふたりの人間をこの手で殺している。

ひとり目は事故だったが、ふたり目はれっきとした殺人だ。その事実とは向き合わなければならない。あの憎い女を殺意をもって殺した。息の根を止めるまで喉を絞めつづけた。いい気味だった。ウンヌルの仇《かたき》を討ってやった。だがものの数秒もすると、なんということをしてしまったのかと恐ろしさでいっぱいになった。もう後戻りはできない。何もかもが変わってしまった。けれどウンヌルを失ったのだから、もうそんなことはどうでもいいのかもしれない。自首するのかどうかも決めていなかった。自分が犯した罪など取るに足らないようにも思えた。娘は死んだのだ。

こんなことになるとは思わなかった。

鉄のように固く凍った雪を削りつづけた。それしかできることを思いつかなかった。

だが削っても削っても雪の下から土は見えてこなかった。娘がこの下に埋められているのを知りながら手が届かない。まるで悪い夢を見ているようだった。息が切れて苦しかった。そのあいだも風は唸りつづけていた。寒くて死ぬほど疲れていた。それでも、凍った土の下にウンヌルが横たわっていると思うと、アドレナリンが血管を駆けめぐるのを感じた。だがこんなことは長く続けられない。少し休んだら、助けを求めるかどうか決めなくてはならないだろう。警察を呼んで、殺人を自供し、娘を捜してもらうこともできる。その結果を受け入れる覚悟はできているが、妻に与える影響を思うと決断がつかなかった。妻はひとりになってしまう。娘は死に、夫は刑務所に……。もしかしたら刑は免れるかもしれない。情状を酌量され、実刑は科されないのではないか。いや、それはありえない。

鋤を振るう手を止めて顔を上げた。猛烈な風が氷の粒を叩きつけてくる。どっちを向いても数メートル先までしか見えなかった。渦巻く雪のなかに閉じこめられ、誰もここにいることを知らないのだ。

レオは娘がどんな最期を遂げたのかを知り、精神的にも肉体的にも限界に達していた。だが自分も人殺しなのだと気づいた。このわたしが！　娘が行方不明になるまではまったくの普通の人間だったのに。

少し家のなかに入れば体力は回復するかもしれない。四十八時間以上眠っていないのだから休息は必要だが、横になるとウンヌルの最期や手に掛けたエルラとエイーナルのことを考えてしまうのが怖かった。頭のなかを空っぽにする方法を見つけなければ耐えられなかった。

掘りつづけていたかったが、波のように押し寄せてくる疲労には勝てなかった。鋤を置くと、家に向かって歩きはじめた。あとで戻ってまた頑張ればいいと自分に言い聞かせた。娘をこの目で見るまであきらめるつもりはなかった。

ドアは施錠されていた。エルラが鍵を持っているはずだ。急いで地下室の階段を下り、闇に足を踏み入れた。戸口から射し込む薄暗い光のなかでエルラは壁にもたれていた。自分が手に掛けた女だ。吐き気がこみ上げたが、深呼吸をしてやるべきことに集中した。ポケットのなかに鍵束があった。急いで外に出て、凍った階段を上がり、玄関に向かった。かじかんだ手で鍵を開けるのは大変だったがやっとのことでなかに入った。玄関も居間も何ごともなかったかのように、クリスマスを迎える準備が整っていた。誰も殺されていない、誰も屋根裏の血の海に横たわっていないみたいに……レオはめまいに襲われた。気をしっかり持たないと倒れてしまいそうだった。屋根裏で死んでいる男のことを考えると我慢できなかった。この家にはいられない。ましてやここで休むなんてできるわけがない。

寝室に戻るとベッドの上にリュックサックが転がっていて、中身は床に散らばっていた。震える手で荷物を詰めなおすと逃げるように外に出た。

まるで壁に突き当たったようだった。風が吹きつけ、雪で前がまったく見えなかった。しばらく呆然と突っ立っていた。あまりにも寒く、とてもこのまま掘りつづけられるとは思えなかった。家のなかに戻ることもできない。ろくに寝ていないせいで思考力がにぶり、頭は混乱するばかりだった。どうやって娘を掘り出せばいいのかわからなかった。警察にすべてを告白する決断もつかなかった。もう何も考えられなかった。

足が代わりに決めたみたいに、レオは頭を下げて風に向かって歩きはじめた。車に引き返すことだけを考えていた。車のなかでヒーターを点けて体を温め、体力が戻ってきたら次のことを決めればいい。

来るときは迷わず来られたのだから戻る道もわかるはずだ。だが、天候ははるかに悪くなっていた。それでも道はほぼまっすぐだったし、誘導ポールも立っていた。大丈夫だ。ほかに選択肢はない。

隣りの家までの距離とそこから車までの距離はだいたい覚えている。それがわかっていれば、どこまで進んだかもわかるはずだ。大事なのは足もとの雪に埋もれている道をたどってまっすぐ進みつづけることだ。

長い道のりであることと、暖を取るために急がなければならないことを頭に置いて、できるだけペースを守って歩きつづけた。寒さに屈してはならない。やり通せるだけのエネルギーはまだ残っている。あと少し頑張ればいいだけだ。

深い雪を足でかき分けるようにして歩きつづけた。吹きつける突風にも負けなかった。頭をずっと下げていたので前を見ることはできなかったが、正しい方向に向かっているという確信はあった。

20

あの空き家はどこだ？　あの家が見つからなければ、車に戻る道がこれで合っているかわからない。

うっかり通りすぎてしまったんだろうか。

そんなことがあるか？

吹雪で前が見えないせいで見逃してしまったのかもしれない。

ずいぶん歩いてきたので、もう空き家に着いているはずだ。

やはり見落としたに違いない。

そう言えば、しばらくポールを目にしていない。いや、間隔がかなり空いていたところもあったじゃないか。この道で合っている、車までもうすぐだと勘は告げていた。たどり着けるはずだが、極度の寒さと疲れでほとんど力が残っていなかった。最後のエネルギーまで使い果たしてしまったみたいだった。

それでも車までたどり着かなくてはならない。

レイキャヴィークに戻るために。やっとすべてがはっきり見えてきた。妻が待つガルザバイルの家に帰り、妻を椅子に座らせ、ありのままを伝えようと思う。クリスマスの前だというのに黙って消えてしまったことを考えると、妻は心配でたまらないに違いない。本当にばかなことをしてしまった。もっと妻を思いやるべきだった。

妻にウンヌルの悲報を伝え、あの冷酷な女が何をしたか話すつもりだ。妻は強い女性だから、それで壊れてしまうことはないだろう。そしてこの旅がどんな結末を迎えたかも話す。夫婦は死に、娘が裏庭に埋められていることを突きとめたと。そのあと、どうすべきかを妻に尋ねる。妻は自首を勧めるだろう。それが正しいことはわかっている。

エルラとエイーナルは死んだ。それでもレオの怒りは収まらなかった。

歩みがさらに遅くなってきた。アドレナリンも底を突いたようだ。しばらく立ち止まって周囲を見まわしたが、どちらを向いても同じ景色が広がっている。同じ場所を何度もまわっているような気もする。いまどこにいるのかまったく見当もつかなかった。

それでも進みつづけるほかはない。道から外れていないことを祈るばかりだった。

時間の感覚を失っていた。どのくらい歩いたかまったくわからなかった。引き返すべきだろうか。いや、そんなことをしても無駄だ。足跡はすでに雪で消えているに違いない。

それよりも雪に穴を掘ってそのなかで少し休んだほうがいいんじゃないか。運が良ければ、天候も回復するかもしれない。

そうだ、それがいい。

レオは再び立ち止まると、座りこんだ。ひと息つくとほっとした。

リュックサックを肩からはずし、それを枕代わりにして頭をあずけた。眠るつもりはない。ほんの二、三分ゆっくりするだけだ。

右手を上着のポケットの上に置いた。そこにウンヌルの手紙が入っている――これだけは守らなければならない。

ヘイクル＝レオは目を閉じると、娘の顔を思い浮かべた。

21

フルダはレイキャヴィークに戻る飛行機に乗っていた。後ろのほうに空いた席を見つけ、ほかの乗客とは距離を置いてひとりで座った。

機内の騒音で耳が痛いが気にしないようにした。乱気流にも、座り心地の悪い座席にも、ぬるいコーヒーにも我慢する。揺れる飛行機のなかで服にしみを付けないようにコーヒーを飲むのは至難の業だった。

コーヒーはひどい味だが、機内で出されるものに端《はな》から期待はしていない。空港で買った新聞は無駄になった。活字に集中しようとしたとたんに気分が悪くなった。紙とインクのにおいと燃料臭、それに苦いコーヒーが組み合わさって最悪のカクテルになった。

これから家に帰る。

試練の旅だった。よりによって冬のさなかに、慣れない環境で、知らない者たちと他人の悲劇に巻きこまれるなんて、いまのフルダには最も必要のないことだった。自分自身の悲しみに耐えるのも大変だというのに、まだ足りないとでもいうのか。

事件を担当するのはおろか、仕事に戻るのが早すぎた。まだ乗り越えていなかった。いやそうじゃない。乗り越えることなどできないのだ。

本心は隠して、誰にも心を許さず、人前では何事もなかったように振る舞うことを学ぶしかない。そうすれば人生を続けていける――それを人生と呼べるのなら。

事件は可能な限り解決できたと考えている。ウンヌルが殺害された経緯を正確に立証することはできないが、背景を知り、両親に宛てた手紙を読んだいま、空白を埋めるのは難しいことではなかった。農場の夫婦が死に至った経緯についても、全貌を明らかにするのは不可能だが、ヘイクル＝レオの犯行であることはかなりはっきりしているように思える。

四人が命を落とし、そのうちの三人は殺害されたことがほぼ確実でありながら、誰も罰せられることはなかった。

だが、それがフルダの仕事だ。ときには白黒が付かずグレーゾーンで終わることもある。心から胸のすく勝利は味わえない。賞賛も褒美も期待できない。謎が解ければ世間も関心を失う。同僚よりもそういうことを強く感じてしまうのは、男社会に身を置く女性だからだろう。フルダがミスをして評価が下がることを待ち望んでいる同僚もいる。そのせいでフルダは自分の能力を証明する必要性を常に強く感じ、同僚よりも常に優秀であろうとしている。それでも足りないのだが。

しかし、小さな勝利でもそれなりに満足感は得られるものだ。ねぎらいの言葉ひとつなくても、少なくとも自分自身はいい仕事をしたと誇りに思うことができる。

だが今回は、事件に集中できるような状態ではないなかで、自分の役割はしっかりとこなしたにもかかわらず、虚しさしか残らなかった。ほかの誰が担当しても、これ以上のことはできなかったと思う。それでも魂に穴が開いたような埋めようのない喪失感を覚えた。

揺れる飛行機のなかで冷めたコーヒーをしっかり手に持ちながら、フルダは体の芯まで冷えているのを感じた。

家に帰っても、そこに何が待っているというのだろうか。アウルタネースの家はまだ〝うち〟と呼べるのだろうか。

もうそうではない。

家族が永遠に砕け散ったクリスマスの日に、あの家もがれきと化したようなものだ。それでも、そこがフルダがいま向かう場所であり、ほかに帰るところはなかった。

もちろん母親の家のドアをノックすることはできるが、そうするつもりはない。フルダと母親との関係はそこまで親密ではない。少なくともフルダはそう思っている。

この出張のあとも仕事を続けていくことになるだろう。ヨンが以前よりも家にいることが多くなり、できるだけ外に出ていたかった。それに仕事をしているあいだはディンマ以外のことも考えられる。

気が散って捜査に影響が及ぶかもしれないが、それはそれでしかたがない。これからは自分を第一に考えることを学ぼう。自分の力で切り抜けるしかないのだ。他に方法はない。ヨンはなんの助けにもならないし、助けてもらう気もない。ふたりとも口にはしないが、ヨンはフルダが知っていることをわかっているようだ。

ふたりのあいだにはほぼ完璧な沈黙が保たれている。いずれヨンは家を出ていき、フルダの人生から消えるだろうと思う。だがそうなったところでヨンから自由にはなれない。レイキャヴィークのような小さな街では偶然出会う可能性もあるし、出会わなかったとしても、ヨンが野放しのまま元気で人生を楽しんでいる様子は耳に入ってくるだろう。だが、ディンマは墓のなかに横たわっている。そこに正義はなかった。

勇気を振り絞ってヨンを告発しようかと考えることもある。いちかばちかやってみようかと。家族の恥を世間にさらけ出したあとは、どこへ行っても聞こえてくるであろうささやき声に耐えることになる。フルダが自分に何度も問いかけているのと同じ言葉が悪意のある口から聞こえてくる――母親は知っていたんじゃないの？　手遅れになる前にどうして何か手を打たなかったんだ？

なぜヨンは自分の罪を認めることができないのだろう。

死んで罪を償ったらどうなの？　わたしのために死んで。少しでもこの世の正義を取り戻して。生きる価値もない恥ずべき人生でひとつくらい善行をしたらどうなの。

以前は出張を終えると家に帰るのが楽しみだった。海沿いのわが家で待っている家族との抱擁に勝るものはなかった。日々の忙しさから解放される聖域だった。だがそんな日々は過ぎ去った。ディンマが自殺するかなり前から、フルダはその変化に気づいていた。長く苦しい時間だった。家から少しずつ温《ぬく》もりが流れ出ていった。いまは、早くあの家を売ってしまいたい。ヨンがさっさと動かないなら、自分で売りに出すつもりでいる。来る日も来る日もディンマの部屋の前を通るのがたまらなかった。何よりもディンマを発見した瞬間の記憶を消したかったが、どうにもならなかった。寝ても覚めてもあの光景が頭から離れない。生きている限りはきっと忘れられない。それは娘の最後の記憶だが、代わりに楽しかった頃の思い出に浸るためならなんだってするだろう。

これからその家へ帰る。冷えきった家に。どの部屋に行っても悲しみがつきまとってくる。庭に出て海を眺めても、かつてのような癒やしも喜びも得られなくなった。だから家のなかにこもって夜はずっとベッドに横たわる。空腹を感じたら、何か作ってひとりで食べることもあるが、たいていは職場の食堂で昼に温かい食事をとってすませている。寝るときもひとりだ。ヨンは客用の寝室に移った。

フルダは冷めたコーヒーを口に含んだ。なんとかして前を向いていかなければならない。

とりあえずその日その日を頑張って生きてみようと思う。

仕事は続ける。精一杯。何もせずに座り込んではいられないのだから。

仕事で成功するかどうかはわからない。

もう四十歳だ。十年後はどこにいるだろう。二十年後は？

その頃にはディンマの記憶は薄れているのだろうか。

ヨンはどこにいるだろう？

もう一緒にいないことは確かだ。どこか別のところで気楽にやっているに違いない。おそらく新しい妻と暮らし、自分がやったことの記憶は入念に葬り去っているだろう。そうやってヨンはこの先も生きていくのだ。ディンマは死んだというのに。

いや、そうだろうか。考えてみれば、ヨンは心臓が悪い――医者は薬を飲んでさえいれば心配ないと言っていたけれど……。

なんて簡単なことだろう。薬を飲むのをやめればいいのだ。

そうだ、それがみんなのために一番いい。

フルダはそう考えるとほんの少し元気が出てきた。

著者あとがき

ぼくは一年中本を読んでいるが、特にクリスマスに本を読むのが好きだ。クリスマスのプレゼントとして本を贈り、クリスマスイブは夜更けまで本を読むというのがアイスランドの古い伝統だ。クリスマスを舞台にした本も好きで、すぐに思いつくものとしてはアガサ・クリスティの『ポワロのクリスマス』（一九三八年）、エラリイ・クイーンの『最後の一撃』（一九五八年）、ナイオ・マーシュの Tied up in Tinsel（一九七二年）、そしてサイモン・ブレットの The Christmas Crimes at Puzzel Manor（一九九二年）などがある。

犯罪小説を書きはじめた頃、クリスマスの時季を舞台にしたミステリーをいつか書きたいと思っていた。その一作目がアリ＝ソウルを主人公とする〝ダーク・アイスランド〟シリーズの第四篇《へん》 Andköf（英題名 Whiteout）だった。そして二作目が本書『閉じ込められた女』ということになる。クリスマスイブを舞台にした短編小説もいくつか書いており、そのなかの一篇『雪は静かに降りつもる』を本書の巻末に収録している。

クリスマスを題材にしたぼくの著作は、ぼく自身の経験はもちろん、家族から聞いた話にも影響を受けている。そのひとつをこのあとに紹介したいと思う。母カトリン・グヴューズヨウンスドッティルが数年前に記した短い思い出話で、一九六〇年、母が十歳の頃のアイスランドのクリスマスを垣間見ることができる。

最後に、捜査の手順について助言を仰いだフルダ・マリア・ステファンスドッティル氏に深く感謝申しあげる。

そして原稿を読んでくれた父ヨナス・ラグナルソンと母カトリン・グヴューズヨウンスドッティルに愛と感謝を。

クリスマスは林檎《りんご》とともに——一九六〇年の思い出

父が林檎を買ってきて、レイキャヴィークのハゥアゲルジのわが家にその箱が置かれると、クリスマスが近いことを感じ、心が浮き立った。

わたしたちが林檎を手に入れられるのはクリスマスのときだけだったので、わたしも兄弟も何度も階段の上まで匂いを嗅ぎに行った。箱を開けても見るだけで、誰もクリスマスイブまでは食べなかった。

そしてクリスマスイブになると、林檎をひとくちかじってすぐに新しい本を読みはじめる。それが、わたしが毎年楽しみにしていたことだ。

そのときの林檎の匂いはいまも忘れない……。

カトリン・グヴューズヨウンスドッティル

雪は静かに降りつもる　The Silience of the Falling Snow

雪が次から次へと大地に舞い降りてくる。アリ＝ソウル・アラソンはひとりでその厳かなさまを眺めていた。リビングルームの窓際に立ち、クリスマスにふさわしいクラシック音楽の古いレコードを聴いている。あと一時間ほどするとクリスマスのミサがラジオから流れてくる。晩餐《ばんさん》はその時刻、すなわちクリスマスイブの午後六時きっかりに始めると決めている。両親と一緒に暮らした幼い頃からずっとそうしてきたように。

主菜はスモークハム。それも両親から受け継いだクリスマスの伝統だ。一人分の小さなハムを見つけるのは難しかったので、残り物で休日のあいだはしのげるだろう。ようやくオグムンドゥルという名前の若い警官を補佐役に得られたおかげで、クリスマスに休みをとれるようになった。どのみちクリスマスは仕事に出てもたいてい暇で、休みがとれたところで一緒に過ごす相手はいないのだが。

クリスティンは息子のステファニルを連れてスウェーデンに住まいを移した。今日はステフニルの三歳の誕生日だと思うと、息子と遠く離れていることがいつにも増してつらく感じられた。クリスマスはスウェーデンで一緒に過ごしたかったのだが、クリスティンに相談すると、考えこまれた末に反対された。「やっと落ち着いてきたところなの。あの子を動揺させてしまうかもしれない。まだ小さいんだから。イースターはシグルフィヨルズルで過ごすことにして、あなたには来年のクリスマスに来てもらう。約束する。一歩ずつ進めていきましょう、いいわね？」ちっともよくないと言いたかったが、電話で言い争いを始めるのも嫌だった。

せっかくの音楽に邪魔が入った。ピアノの上で携帯電話が鳴っている。画面を見ると部下のオグムンドゥルからだ。

「なんだい？」つい無愛想な出方になった。部下にクリスマスイブを邪魔される理由が思いつかない。

「アリ＝ソウル、あなたに会いたいという女性がいるんですが」オグムンドゥルはすぐに本題に入った。

「女性？」

「年配の女性で、住所はホウラヴェグルです」

「ぼくが知っている人？」

「いえ、そうじゃないようです。名前はハッラ、年齢は八十歳くらいかと」

「それで緊急の用って？」アリ＝ソウルはまだ少し腹を立てていた。

「よくわかりません。あなたに直接話したいそうです」

「それで、きみは自分で処理しようとは思ってくれなかったわけか」

少し間があいた。

「ええ、どうせあなたはひとりで、することもないだろうとわかっていましたから。女性の電話番号を言いますね」

アリ＝ソウルはため息をついた。「わかったよ……」

＊

十分後、アリ＝ソウルはハッラの家の広いリビングルームに座っていた。オーブンにハムを入れっぱなしにしてきたが、三十分もあれば話はすむだろうと思い、ミサに間に合うように家に戻るつもりだった。雪のなかを歩いてくるのはいい気分転換にもなった。町は静まりかえっていて、山を見あげると、恒例の年越しの電飾が見えた。電球で西暦が示されており、一月一日の午前零時になると、二〇一五年から二〇一六年に変わる。

アリ＝ソウルはハッラに会ったことはなかったが、向こうは知っていたようだ。身長はさほど高くはないものの、なかなか堂々とした体格だった。クリスマスのために年相応のドレスアップをしていて、目に知性がうかがえる。

「時間を割いてくれてありがとう、アリ＝ソウル」優しい声だ。「こんなときに来てもらうのもどうかと思ったんだけれど、あんな気味の悪い手紙でしょう。それに、あなたは神学の勉強をしていたから、こういうことが理解できるんじゃないかと思ったの」

〝こういうこと〟が何を指しているのかは聞かず、代わりにこう言った。「手紙のことをもう少し聞かせてください」ハッラは電話で簡単にそのことに触れていた。

ハッラは立ちあがり、ゆっくり部屋を出ていくと、手紙を持って戻ってきた。

「この一通だけじゃないのよ。これが一番新しいというだけで」ハッラはアリ＝ソウルにその手紙を渡した。

長い手紙ではなかった。手書きで一枚、かなり読みにくい字だ。〝親愛なるハッラ〟に宛《あ》てた手紙で、エイーナルという男が署名している。内容に不審な点や不安になるような文言はいっさいなく、過ぎ去った日の思い出がいくつか書かれており、クリスマスの挨拶の言葉で締めくくられていた。

「このエイーナルという男は知っているんですか」

ハッラはうなずいた。

「そして、これがこの男から来た初めての手紙じゃないんですね」

「ええ、毎年クリスマスに来るの。見せましょうか」ハッラは返事を待たずに消えた。戻ってきたときには、小さな木箱を手に持っていた。テーブルに置いてふたを開けると、手紙が山のように出てきた。アリ＝ソウルはざっと見ていった。筆跡はみんな同じで、すべてハッラに宛てられており、エイーナルの署名が入っていた。

「すみません、何が問題なのかよくわからないんですが。この男……」言葉を慎重に選ぶ。「この男性があなたに何か嫌がらせをしてくるんですか」

「いいえ、そうじゃないの」ハッラは力強く首を振った。「わたしたち結婚していたのよ」

「結婚していた？　いまはしていないんですね」

「ええ。わたしたち戦争が終わってすぐに結婚したの。わたしはまだ十九歳だった。彼はもっと年上だったけど」

「それで、あなたがたはこのシグルフィヨルズルにずっと住んでいたんですか」

「ええ、わたしはここで生まれたの。彼もね」

「じゃあ、離婚したんですか」

ハッラはしばらく黙っていた。そして、こう言った。「いいえ、主人は亡くなったの」

「亡くなった?」これは予想していなかった。いや、考えようによってはちっともおかしくない。この女性はオグムンドゥルの情報によれば八十前後であり、さっきアリ＝ソウルに年上の男性と結婚したと言ったばかりだ。「いつですか」

「三十年前よ。そのときから手紙が来るようになったの」

背筋が寒くなった。

「ご主人は亡くなったわけじゃなくて……姿を消したってことですか」アリ＝ソウルは自分がまだ子供だった頃に失踪した父親のことを思い出していた。

ハッラはすぐには答えなかった。

「彼は間違いなく死んでいるわ」きっぱりと言った。

「じゃあ、誰かがご主人の名前をかたって手紙を送ってきてるんですね。それが三十年続いている」

ハッラはアリ＝ソウルをただ見つめている。アリ＝ソウルの推論を認めたくないらしい。ひょっとして手紙があの世から送られてきていると本当に信じているのだろうか。

「こんなことをしてあなたを怖がらせたがっている者に心当たりはないですか」

「ないわ」

「これまでに警察に相談したことはないんですか」

「ないわ」

「そうですか。いまの時点で何ができるかわかりませんが、年が明けて、あなたがまだ気になるようなら、もう一度うかがいます」そして念のために訊《き》いた。「心配じゃないですか。誰かがあなたに危害を加えようとしているのかもしれない」

ハッラは微笑《ほほえ》んだ。「いいえ。心配するような歳《とし》じゃないもの。どうせもうそんなに長くないんだから」

「じゃあ、クリスマスはここにひとりでいても平気ですか」

「もちろんよ。誰かに話しておきたかっただけ。来てくれてありがとう」ハッラは立ちあがった。

「念のためにぼくの電話番号を教えておきましょう」

「それはご親切に。じゃあ、わたしの番号も」

ハッラはまた部屋を出ていった。オグムンドゥルからもう聞いていると言い損ねた。ハッラは小さなメモ用紙を持って戻ってくると、アリ＝ソウルの番号も書き留めた。

アリ＝ソウルが渡されたメモを見たのは、老女に別れの挨拶をするために玄関で立ち止まったときだった。

老女の名前と番号。

筆跡が同じだ。

ふたりはリビングルームに戻った。振り子時計が六時を告げた。

「心配しないで、この時計は二十分進んでいるのよ、何年も前からね。クリスマスには間に合うように帰れるわ。家はそんなに遠くないんでしょう?」

「歩いて五分です」

「ええ、知ってる。この町じゃ、誰もがなんでも知ってるの」

アリ＝ソウルが電話番号を書いたメモと手紙の筆跡が同じだと指摘すると、ハッラは再び部屋のなかに招き入れた。

「心のどこかであなたが気づいてくれることを期待していたのかもしれない」ハッラはそう言うと、話を始めた。「主人は優しい人じゃなかった。それでも、わたしは毎年十二月になるとこうした手紙を書いているの。楽しかったときの思い出を書き留めているのよ」

「お子さんはいたんですか」

「ええ、ふたりとも外国で暮らしていて、今年はどっちもクリスマスには帰ってこなかった。忙しいのよ、もちろんね」

「でも、亡くなった人の名前で自分に宛てて手紙を書いても、警察は問題にしませんよ」

「来てもらったのは、あなたに告白しようと思ったからなんだけど、いざとなると勇気が出なくてね。代わりにこのメモが秘密を明かしてくれてよかった。あなたに真実を話しておきたかったから。さっきも言ったけど、どうせわたしはもう長くは生きられないと思ってるの」

ハッラは再び黙りこんだ。外は雪が刻一刻と激しくなっていく。

「わたしが主人を殺したの。三十年前に。でも誰もなにひとつ疑わなかった。主人は……暴力を振るう人だったのよ」

アリ＝ソウルはハッラの向かい側に身じろぎもせず座っていた。「だからご主人を殺したんですか」

老女はうなずいた。

「誰かにこのことを告白しておきたかった。死ぬ前に。正直いまはどうなってもかまわないの。自分が過ちを犯したことはわかっているから。三十年前もわかっていたけど、後悔したことは一度もないわ。いずれわたしが殺されていたでしょうからね」

アリ＝ソウルはどうやって殺害したのか聞いておきたかったが、正直なところあまり知りたいとは思わなかった。いつかハッラが亡くなってからでも調べることはできるだろう。なにもいま彼女や彼女の子供たちを傷つける必要はない。

アリ＝ソウルは立ちあがった。「わざわざぼくを指名したそうですね、同僚のオグムンドゥルじゃなく」

ハッラはうなずいた。

「あなたは警官に話しておきたかったんですか、それともぼくが……牧師になろうとしていたからですか」

ハッラは声を立てずに笑った。

「もうその答えは知っているんじゃないかしら。さあ、帰ったほうがいいわ。クリスマスに遅れたくないでしょ」

解説

狂おしいまでの、その「叫び」を聴け

阿津川辰海

ラグナル・ヨナソンを読むことは、「叫び」に耳を傾けることを意味する。

彼が書く「叫び」は、決して一様ではない。発している本人の耳にさえ届かないような、高周波で、破滅的な叫び。あるいは、低い唸《うな》りのように日常と共にあるが、確実に体を蝕《むしば》み、気を滅入《めい》らせる叫び。それらの「叫び」は自分を襲う悲劇への嘆きの表明でもあるし、どうにもならないアイデンティティへの苦しみ・怒りの発露でもある。

そして、フルダ・ヘルマンスドッティルを主人公にした『闇という名の娘』『喪われた少女』『閉じ込められた女』の三部作、またの名を「ヒドゥン・アイスランド」シリーズは、「叫び」が最も色濃く表れた作品群なのだ。

＊

フルダ三部作は、〈逆年代記〉の手法で綴《つづ》られたミステリーである。つまり、三作目である本作『閉じ込められた女』が、時系列的には最初にあたるのだ。

したがって、これから読む読者は、一作目『闇という名の娘』から順番に、著者が意図した通りの〈逆年代記〉を辿《たど》ってもいいし、あえて時系列に従って『閉じ込められた女』から読んでいくのも良い。また違った読み味を味わえるだろうし、時系列の最後に辿り着いた時の感慨は倍加するに違いない。

便宜上、これだけは書かせてもらいたいのだが、フルダが四十歳のクリスマスの日に「悲劇」が起き、それがフルダのその後の人生に深い影を落としている。これは一作目を読めば詳しく分かることだ。その「悲劇」を描くのが、〈逆年代記〉の終点にあたる本作『閉じ込められた女』なのである。

以下では、一作目から順に、ヨナソンがこれまでに書いてきたフルダの歩みを簡単に振り返ってみる。

ネタバレは避けるが、もし、一作目・二作目は未読で、一切の予断を持ちたくないという読者がいたら、次の「＊」から一節分を飛ばして読んでもらいたい。

＊

一作目『闇という名の娘』では、定年退職間近、六十四歳のフルダが描かれる。キャリアの最後に未解決事件に挑んだフルダは、難民申請が通らず自殺したと思われた女性の背後に、売春組織の存在を疑う。定年直前の三日間、というタイムリミット要素も加え、サスペンスフルに読ませる作品だった。

そしてこの一作目において、読者は、フルダが四十歳のクリスマス、「ある事件」が起き、それがフルダの娘に関わることだと知らされる。そのクリスマスを描く作品こそが、本書『閉じ込められた女』——というのは先走った説明なのだが、このフルダの過去が明かされた瞬間、このシリーズは、底が抜ける。娘の名前こそ、「闇」を意味する「ディンマ」なのだ。定年退職前の刑事としてすでに陰影をたたえていた彼女が、とんでもなく重く、苦しい影を漂わせ始める。

そして二作目『喪われた少女』では、1997年、五十歳になる年のフルダが描かれる。海鳥の楽園エトリザエイへ赴いた彼女は、殺人事件の謎に挑むことに。容疑者群の男女グループは、1987年以来、十年ぶりに再会を果たした。物語は彼らの現在と過去を往還しながら謎を解きほぐしていく。ここで描かれるのは、実にクリスティ的なフーダニット・ミステリーで、十年前の事件と現在の事件が絡み合う中に、見事に真犯人を隠している。

ここで描かれるフルダ三部作の伏流は、「父親捜し」である。四十歳の事件を境に、夫とは訣別《けつべつ》し、娘を失ったフルダにとって、最後に頼みになるのは身内なのだが、果たしてこの「父親捜し」はどうなったか……。二作目をすでに読んだ方には、その記憶を嚙《か》み締めてほしい。

＊

さて、そして本作『閉じ込められた女』である。

本書はプロローグの他、1987年のクリスマス直前を描いた「二カ月前」の「第一部」、1988年の2月を描く「第二部」の二部構成になっている。

本書全体の六割以上を占める「第一部」は、サスペンスの点で言っても、フルダ三部作、いや、これまでに邦訳されたヨナソン作品の頂点に位置する面白さだ。

まず、読者はプロローグによって、農場から発見された複数の死体について知らされる。つまり、この後登場する「第一部」の登場人物は、既に死ぬことが予告されているのだ。

農場には、エルラとエイーナルの夫婦が暮らしている。近くにはアンナという娘も住んでいて、気ままな二人暮らしだが、クリスマスの日は雪に降り込められ、かなり環境が厳しい。数日前に買い物を済ませ、籠《こ》もらなければいけないほど吹雪《ふぶ》くのだ。

そこに、突然来訪者が訪れる。レオという男だ。男はアンナの家の近くを通ったはずなのに、その話もしない。やがてエルラは、レオはアンナを殺し、私たちの命も狙っているのではないかと疑い始める。……この凄《すさ》まじいサスペンスが、第一部の強烈な求心力になっている。

たとえていうなら、「登場人物三人の状態から始まる『そして誰もいなくなった』」である。最悪の状況だ。三人はもう疑心暗鬼に駆られまくっていて、同じ空間に閉じ込めていたら絶対にロクなことにならないのに、吹雪に降り込められ、一緒に過ごしている。破裂しそうな風船を鼻先に突き付けられるような、ハラハラした読み味は、まさに無類である。

そして、「第一部」ではそれと並行するように、クリスマス前のフルダが描かれる。これがまた、辛《つら》い。何せ、読者は「四十歳のクリスマスに悲劇があったこと」をシリーズ上もう知らされているわけである。家族の崩落の予兆は、そこかしこに見えている。フルダも悩みは抱えているが、決定的なものはつかめず、崩落を止めることはできない。農場のエルラ夫婦に比べて「都会的」で「幸福」なクリスマス像を押し出していることも、悲しみを倍加させている。

つまり、「第一部」とは、「二つの『約束された悲劇』の振り子運動」によって、物語の求心力を増幅させ、無類のサスペンスを構築するパートなのだ。この腕前だけでも、クライム・ストーリー作家としての実力のほどはうかがえる。

しかし、更に凄《すご》いのは「第二部」だ。ある手掛かりが現れた瞬間、読者に見えていた物語像は完全に反転する。その手掛かりの提示の仕方もこなれているし、作品を読んでいる時に感じた違和感が氷解する感覚は、まさしく本格ミステリーのそれだ。ここに感服した。このシリーズの締めくくりにふさわしい、苦い結末まで、まさに一気読みの傑作である。

＊

それにしても、この三部作に描かれた女性像の、胸を押しつぶされるような重さはなんであろうか。

それは何も、事件の悲惨さだけを指してのことではない。あるいは、『闇という名の娘』が触れた売春組織のような、社会の話でもない。もっと本質的なところに根差す、登場人物たちの陰影である。

解説者が本書で最も震えたパートは、まさにその点に関わっている。ちょっと引用してみよう。


「明かりを消してもいいか」エイーナルが訊く。

「ええ、どうぞ」エイーナルがスイッチを切ると、たちまちふたりは闇にのみこまれた。一歩も譲らない、それでいてもの言わぬ闇。わずかな光さえ見えない。いまも雪が降っているのがわかる。しばらくはどこにも行けないだろう。これが自分たちで築いてきた暮らしだ。耐えるしかなかった。(本書、30ページ)

本三部作のテーマである「闇」が印象的に登場する箇所でもあるし、この、どうしようもなく降り込められた、暗鬱とした感情に胸を抉《えぐ》られてしまった。「耐えるしかなかった」。たったこれだけの言葉に深く滲《にじ》む絶望が、いつまでも口中に残って消えない。

ここに描かれているのは1987年のアイスランドの光景である。もちろん、今の日本に住んでいる私たちは、通信の面一つとっても、ここまでの絶望に晒《さら》されることはないだろう。だが、ここに抉り出された恐怖、あまりにも日常に近接した絶望の味は、普遍的な感情なのではないか。フルダ三部作が、孤独な魂の彷徨《ほうこう》を通じて描こうとしたのは、その感情なのではないか。

この苦みは、そして「叫び」は、三部作を読み終えてなお、残響となって消えることはない。

*

さて、ここで『閉じ込められた女』のボーナストラック、「雪は静かに降りつもる」の話もしておこう。

これはラグナル・ヨナソンのもう一つの警察小説シリーズ、「アリ＝ソウル」シリーズの短編となっている。このシリーズはまたの名を「ダーク・アイスランド」シリーズという。第一作『雪盲』、第二作『白夜の警官』、第五作『極夜の警官』が邦訳されており、「アイルランドのアガサ・クリスティ」の異名を取る作者にふさわしい、技ありのフーダニット・ミステリーに仕上がっている。

アリ＝ソウルは、フルダとは対照的に、二十四歳の新人警察官として登場する。哲学と神学の勉強を諦め、警官になった男だ。彼は『雪盲』でアイスランド北端の小さな町、シグルフィヨルズルに赴任することになる。

誰もが顔見知りで、新人警官が赴任しても一瞬で町中に噂《うわさ》が共有されるような町。彼は町の持つ閉塞感や、恋人と遠距離恋愛になった孤独などを深く感じながら、事件に挑んでいくことになる。彼の持つ瑞々《みずみず》しさが、閉塞感と孤独に襲われる中で少しずつ擦り減り、事件の真相から人生の一端を覗《のぞ》き、彼自身も痛みを得ていく過程に読み応《ごた》えがある。

本書『閉じ込められた女』の「著者あとがき」には、クリスマス・ミステリーに対するヨナソンの思いが綴られている。クリスティ、クイーン、ナイオ・マーシュ、サイモン・ブレットという名前が並んでいるのに、本格ミステリーのファンならニヤリとするに違いない。アイスランドの作家で言えば、アーナルデュル・インドリダソンの『声』もクリスマス・ミステリーだし、国は違うが北欧ミステリーで言えばマイ・シューヴァル＆ペール・ヴァールーの『笑う警官』も印象深い。

海外作品のクリスマスは、家族で過ごす食卓などの幸福な光を描いた作品が多く、そこに犯罪を加えると鮮やかなコントラストが生まれる。光と悲劇が表裏一体になった一瞬を切り取ることで、クリスマス・ミステリーは華やかな輝きを放つのである。

ヨナソンが書くクリスマス・ミステリーは、この光と悲劇のバランスが絶妙なのだ。『閉じ込められた女』で、明るいクリスマスとなることを祈りながら準備を進めるフルダと、当日は家に籠もっていなければと塞ぎ込むエルラ。あるいは『雪盲』でも前半にはクリスマスの光景が描かれ、シグルフィヨルズルに赴任したばかりで、恋人とも家族ともクリスマスを過ごせないアリ＝ソウルの姿が印象的である。

そして、この「雪は静かに降りつもる」もまた、一流のクリスマス・ストーリーと言える。クリスマスイブに呼び出しを受け、始まった「ある対話」。その結末やいかに、という短編だが、最後に発せられるアリ＝ソウルの問いがひときわ深い印象を残す。

クリスマス・ミステリーがこれほど上手いとあっては、著者あとがきで言及された、もう一つのクリスマス長編、アリ＝ソウル第四作のAndköf（英題名Whiteout）を、読者としてはぜひ読んでみたいところだ。

＊

さて、アリ＝ソウルシリーズにもがっつり言及したのは、『雪盲』の冒頭の一節を、ここに引いてきたいからである。

赤い色が夜のしじまに放たれた叫び声のように見える。（『雪盲』、9ページ）

雪の中で女性が血だまりの中に倒れている、という衝撃的な始まり方をする

『雪盲』だが、ここにも「叫び」の感覚が表れている。『雪盲』をすでに読んでいる読者であれば、事件を解決した時に残る苦み、ネタバレにならない程度に言えば、ある人物を取り巻く状況のどうしようもなさに、フルダ・シリーズでヨナソンが一貫して書き続けてきた「痛み」と同じ感覚を読み取るだろう。

つまり、犯罪、罪と罰に対するヨナソンの主張は、二〇一〇年に発表された『雪盲』から首尾一貫しているのである。ただその主張を、アリ＝ソウル シリーズでは警察小説の骨格を利用したフーダニット・ミステリーで表現し、フルダ・シリーズでは〈逆年代記〉を取り入れたクライム・フィクションとして、より物語の駆動力を強めて書いてみせたのだ。

名手ラグナル・ヨナソンが紡ぐ「叫び」を聴くのに、遅すぎるということはない。今すぐにでも既刊を全作追いかける価値のある作家として、ラグナル・ヨナソンを推したい。

（あつかわ・たつみ／作家）

――本書のプロフィール――

本書は、二〇一七年にアイスランドで刊行された小説『MISTUR』の英語版を本邦初訳したものです。

小学館文庫

閉《と》じ込《こ》められた女《おんな》

THE MIST

著者 ラグナル・ヨナソン

訳者 吉田《よしだ》 薫《かおる》

二〇二一年七月十一日　　初版第一刷発行

発行人　飯田昌宏

発行所　株式会社 小学館

〒一〇一-八〇〇一

東京都千代田区一ツ橋二-三-一

電話　編集〇三-三二三〇-五一三四

　　　販売〇三-五二八一-三五五五

印刷所――凸版印刷株式会社

この文庫の詳しい内容はインターネットで24時間ご覧になれます。

小学館公式ホームページ　https://www.shogakukan.co.jp

ISBN978-4-09-406807-8

警察小説大賞をフルリニューアル

第1回 警察小説新人賞 作品募集

大賞賞金 300万円

選考委員

相場英雄氏（作家）　月村了衛氏（作家）　長岡弘樹氏（作家）　東山彰良氏（作家）

募集要項

募集対象

エンターテインメント性に富んだ、広義の警察小説。警察小説であれば、ホラー、SF、ファンタジーなどの要素を持つ作品も対象に含みます。自作未発表（WEBも含む）、日本語で書かれたものに限ります。

原稿規格

▶ 400字詰め原稿用紙換算で200枚以上500枚以内。

▶ A4サイズの用紙に縦組み、40字×40行、横向きに印字、必ず通し番号を入れてください。

▶ ❶表紙【題名、住所、氏名（筆名）、年齢、性別、職業、略歴、文芸賞応募歴、電話番号、メールアドレス（※あれば）を明記】、❷梗概【800字程度】、❸原稿の順に重ね、郵送の場合、右肩をダブルクリップで綴じてください。

▶ WEBでの応募も、書式などは上記に則り、原稿データ形式はMS Word（doc、docx）、テキストでの投稿を推奨します。一太郎データはMS Wordに変換のうえ、投稿してください。

▶ なお手書き原稿の作品は選考対象外となります。

締切

2022年2月末日

（当日消印有効／WEBの場合は当日24時まで）

応募宛先

▼郵送

〒101-8001 東京都千代田区一ツ橋2-3-1
小学館 出版局文芸編集室
「第1回 警察小説新人賞」係

▼WEB投稿

小説丸サイト内の警察小説新人賞ページのWEB投稿「こちらから応募する」をクリックし、原稿をアップロードしてください。

発表

▼最終候補作

「STORY BOX」2022年8月号誌上、
および文芸情報サイト「小説丸」

▼受賞作

「STORY BOX」2022年9月号誌上、
および文芸情報サイト「小説丸」

出版権他

受賞作の出版権は小学館に帰属し、出版に際しては規定の印税が支払われます。また、雑誌掲載権、WEB上の掲載権及び二次的利用権（映像化、コミック化、ゲーム化など）も小学館に帰属します。

警察小説新人賞 検索

くわしくは文芸情報サイト「小説丸」で

www.shosetsu-maru.com/pr/keisatsu-shosetsu/